忘るなの記

大浦ふみ子

光陽出版社

忘るなの記

一

雨でも来るのか、いやに蒸し蒸しする日だった。

若い銀行員江口和真《えぐちかずま》が繁華街の路地裏にある行きつけの理髪店に入った時、店内はいつになく騒騒《ざわざわ》していた。

「金の生る木でしたなあ、朝鮮戦争は。もっと続いてほしかったですよ」「まったく。この特需は天の助けやった。空襲でやられたわが街もおかげでここまで復興できたわけですたい」「それが、休戦になったとたん、さっぱり物が売れんようになって最近は冷え込むばかりですな。この後、どうなるとでしょ」「さあ。一昨年、日本は独立したはずでしょ。そいとにアメちゃんはこの後もずっと日本に駐留するて言いよるが……」

声高にしゃべっていたのは銀行の窓口にもよく来るみやげ物品店と時計屋の主人だ。二人とも高齢で耳が少し遠い。空いている長椅子の隅に腰を下ろしたものの、どうにも釈然とせず落ち着かない。

そう。朝鮮半島に突如、戦火が上がったのは敗戦から五年後、和真が西海銀行に入行した年である。当時は本店勤務だったが、カウンターはドル交換のアメリカ兵で溢れ、通常業務に支障がでるほどだった。彼らのほとんどが二十代の若者で、惜しみなくこの街で大枚を落としてくれたおかげで、デパートや商店の売上げも銀行の預金高も何倍かにはね上がった。破損した艦船の修理で、元海軍工廠・佐世保重工業も活気に溢れ利潤を上げた。しかし、だからといって特需景気を喜ぶばかりでよかったのか。和真がそんな思いにとらわれている時だった。

表が急に騒々しくなったかと思うと、ガラス戸が荒々しく軋み、背の高い骨ばった体格の男が転がるように駆け込んできた。

「ああ、喉の乾いた。水ば一杯くれんね」

この声。どこかで聞いたことがある。そう思いつつその顔を見て、ぎょっとした。片頬にえぐったような傷跡があり、しかも隻眼《せきがん》だった。つい目が離せないでいると、男の方もそのぎろりと光る猛禽のような目をこちらに据える。しかしそれは一瞬のことで、「うう」と小さく呻《うめ》くと、くるりと背を向け、あっという間に出て行ってしまった。

「今のは何ね？」散髪台の男が鏡の中で亭主に訊く。するともう一つの散髪台でひげ剃りをしていたおカミさんの方が答える。「輪タクのニイサンよ。日射病になりかけてたまに飛び込んで来らすとさ。うちは扇風機の回っとるし、裏に回れば、井戸で冷やした麦茶もあるけんね」輪タクとは自転車のタクシーのことだが、おカミさんは訊かれもしないのにこんなことも言うのだった。「以前は駐留軍に雇われとったけど、いつの間にか朝鮮半島に連れて行かれとったもんね。帰ってきてからは、そのう、度胸があるらしくてね、外人バー街あたりで幅ば利かせとるらしかよ」「それにしてもあの傷はひどかね。どがんしたとやろ」「さあ。訊いたことはなか。以前はぬくぬく育った感じのきれいな顔だったけどね」

やりとりを聞きながら和真は、さっきの痛ましい顔に誰かの面影が重なるのを感じていた。それにあのよく響く声もかつて身近に聞いていたものだった。

浮かんでくる光景がある。ただでさえ幅広い肩をいからせて、廊下をずんずん歩いていく後ろ姿である。教師への暴力で放校処分になった同級生、そう、さっきの男はその富岡日出男《とみおかひでお》に違いない。しかし、だったら、彼はなぜ和真の顔を見たとたん逃げ出したのか。男がほんとうに彼なら、こちらは久しぶりに会えたのが懐かしくゆっくり話がしたかったのに。なぜなら彼は、戦時下の中学生として、ともに学び、悩み、親しく交わった仲だったからだ。ひ弱で小柄、「青びょうたん」とあだ名のあった和真に比べ、日出男は大人並みの体格と腕力で上級生にも一目置かれる存在だった。

日出男とともにいた日々を思う。

昭和十九年、和真が通う西山中学は、裸足での通学というのが校則にあった。物資不足がそこまできていたのだ。校長から「革靴を買うのは難しい時勢になったが、幸い君達は親からもらった裸足という立派な革靴があるではないか。裸足で通学すること」と申し渡された時は、これは大ごとだと思った。寒い冬は足裏の感覚がなくなるだろうし酷暑の夏にはアスファルト道路の溶けたタールで火傷するだろう。それどころか、通い始めて何日もしない日、和真はガラス屋の前で割れた破片を踏み抜き血の吹き出るけがをしてしまった。その時、駆け寄ってきて「どがんしたとや。大丈夫ね」と声をかけてくれた生徒がいた。

それが日出男だった。家までおぶって連れて帰ってくれたが、その背中は大きくて温かかった。

「ありがとう。重かっただろ」と礼を言うと、「何の。お前は小《ちっこ》いから軽い」ときれいな歯並みを見せて笑った。それからはよく一緒に帰るようになった。過保護で育った和真が野趣に富む遊びにふけるひとときがあったのも彼のおかげで、学校の帰りに駅近くの川で鮒《ふな》を捕り、山に入っては竹の子を掘った。しかし、思い出すのは楽しかったことばかりではなく、そう、あの厭《いとわ》しい事件もあった。

二

一年の時の担任は、いつも古びた青い背広を着ているので「青ヤン」とあだ名のある若い英語教師、森進太郎《もりしんたろう》先生だった。和真にとって英語は未知の分野の、特に興味を覚えた科目で、こつこつとチョークの音をたてながらものすごいスピードで書いていく英文をマジックでも見ているようにいつも目を輝かせて見ていた。しかしその授業もわずか三ヵ月ほどで受けられなくなった。一学期が終わる少し前のこと、あるクラスの授業で青ヤンが「日本は戦争に負ける」と言ったという当時としては不穏な噂が流れた。憲兵が二人、どかどかと軍靴を響かせて教室に入ってきたのはその噂を聞いた何日か後だった。その一人が生徒たちを見渡しながら喚《わめ》いた。「君らの担任、森進太郎の不埒な言動について又聞きでもよいから述べよ」言うなり生徒を次々に指名していった。和真たちのクラスではそのような言葉は聞いていていない。又聞きにすぎないそのことを指された生徒は次々に口にした。

その結果、クラス代表として級長の和真と副級長の日出男が佐世保憲兵分隊に呼ばれ、その一室で証言を書かされることになった。当時、和真は憲兵のことを恐くはあるが国を護る偉い人と信じていたので何も疑わず噂をそのまま記した。おそらく日出男もそうしたはずだ。ただ生まれて初めて拇印を押させられた時は何か取り返しのつかない罪を犯したような気持ちになった。その後、分隊の建物を出ようとした時だった。後ろからついてくる憲兵がいるのに気づいた。若い、青ヤンと同じくらいの歳に見える男だった。彼は言った。「きみたち、何か誤解をしてるよ。僕にはそんなに悪い先生には見えないのだがね」和真は、いや二人とも、何も言えず雷に打たれたようにつっ立っていた。次の日、じっとしておれず和真は日出男に相談し上級生の教室に出かけていった。噂の出処を確かめるためだった。そして聞き出したところによると、「鬼畜米英」と提唱される時節柄、上級生のそのクラスでは英語の教師をなめる傾向があり、授業前に「英語廃止!!」と黒板に落書きをする生徒がいたそうだ。これに対し青ヤンが、明治以来日本は欧米の文明を受け入れたことで発展してきた、と述べ、「そんな態度では、日本は戦争に負けるぞ」と口走ったのだそうだ。これが事実だとすれば、噂は誤解以外のなにものでもない。それに和真たちが青ヤンから習った英語というのも、丘を馳せ登る戦車の絵に添えた「イティ　イズァ　ビッグ　ジャパニーズタンク」とかいう軍国調の説明文で、香り高い英文学の章句でもなく思想的なものでもなかった。日出男はその時、「憲兵分隊にこれからすぐ行くぞ。昨日書いた証言を取り返すんだ」と息巻いていた。しかし、上級生が「待て」と止めた。「行ったたって返してくれるもんか。それより青ヤンに直接謝ればよかやっか」しかし、このことで連行されていった青ヤンは二度と教室に戻ってくることはなかった。

「待たせたね。どうも」亭主の声でわれに返った。見まわすと客はもう他にはおらず、鏡に映った窓ガラスの向こうに雨が降っているのが目に入る。散髪台に座ると和真はやはり訊かずにはおれなかった。「あの、さっきの輪タクさんのことですが、朝鮮半島に行ったというのは従軍したってことですかね」亭主は白い布をこちらの首のまわりに巻きつけながら何も答えない。「ほら、さっきおカミさんが言ってたでしょう」さらに問うと、鏡の中からとぼけたような顔をこちらに向け、亭主は言う。

「嘘つきトミーの言うことたい。わっしは信じとらん。いやぁ、あのニイサンはそう呼ばれよる人やけん。顔ばけがした時、頭もやられたらしかて言う者もおるし」

「あんた、また、そがんこと言うてよかとね」

床に散らばった髪の毛を箒《ほうき》で集めていたおカミさんが亭主を睨む。「あのニイサンは英語が喋れるけん、頼まれて付いて行ったとよ。わたしゃ本人から聞いたとやけん。嘘つきなんて言うたらいけん」しかし亭主はさらにこう言う。「何ば言うか。嘘にしとかんば、進駐軍に知れたらどうなる。ニイサンが処罰されるかもしれんとぞ。おそらく内緒で連れていかれとるとやけん。大体、お前は口の軽か。言うてよかことと悪かことの区別ばつけんばな」

「そがん言うても、嘘つき呼ばわりはかわいそうかたい」「えらく、あいつの肩ば持つな。何かあるとか」「まぁた、何ば言い出すとね」

和真の発した質問がとんだ夫婦喧嘩になりそうだった。あわてて謝った。「失礼なこと訊いてしまいました。すみません」

すると亭主は鋏《はさみ》を使う手を休めないまま愛想笑いを浮かべて言うのだった。

「こういう仕事をしてると、いろんな人が来ていろんなことを喋っていくとですよ。中には、聞かなかったことにした方がよかこともありますけんね」

三

理髪店を出ると雨は止んでいた。雨雲が低く垂れ込み、あたりの建物の形を薄い灰色に滲ませている。川沿いの道を急ぎ足で行きながら和真はつぶやいていた。嘘つきトミーか。そんな呼び名はあの日出男には似つかわしくない、と少年の日の彼を知っている者として思う。さっぱりとして俠気《きょうき》に富み、優しくもあった。しかし、お国のためには生命も惜しくないと誓った、当時としては珍しくない軍国少年の一人だった彼、その彼が敵国だったアメリカの乗り出す戦争に従軍したとはどういうことか。なにより日本は、現在、戦争放棄を謳っている。国外に出ることも禁じられている。なのに、なぜ、朝鮮半島に渡ったのだろう。本人に直接問うてみたかった。

この時、感じた。誰かが自分を見つめているのを。立ち止まり、あたりを見回すと、川辺の道に沿ってみやげ物店が軒を連ね、少し先の外人バー街あたりからは陽気にはしゃぐ米兵と女たちの嬌声が漏れてくる。女の肩を抱き何やら喚きながら一人の米兵が路地から飛び出してきた。こちらに向かって小走りにくる。彼らをやりすごしながら、気のせいだったか、と思う。どす黒く煙る川の面に目を移し再び歩き出すと、やっぱり左の頬のあたりに視線を感じる。和真は素早く体の向きを変えた。横文字の派手なネオンがまたたくあたりに黒っぽい影がちらっと動くのが見えた。そしてその影はすぐに消えた。

「トミちゃん」そうつぶやき、男が立っていたあたりに向かって走った。しかし、その歓楽街に足を踏み入れたとたん、ボリュームを上げたジャズの音響が耳に飛び込み、横文字の店名を浮き上がらせるどぎつい赤や緑、ピンクのネオンがこちらの目を射る。路地のあちこちには唇と爪を真赤に染めた女が佇んでいる。この原色の渦の中、男はどこかの戸口に入り込んだのか。異界に足を踏み入れたようで頭がくらくらし、居たたまれない気分に襲われる。すぐに引き返し、通りに出たとたんまた雨が落ちてきた。すぐ側の「カフェー木《こ》の実《み》」の看板のある軒下で雨宿りすることにした。街中には珍しく、この店の横には大きな山桃の木があり、梅雨の頃には赤い実をいっぱいつけていた。木の枝の先から雫がしたたり落ちるのを見ているうち、いつか和真は十四歳の少年の日に戻っている。

あの頃の和真は力と美を兼ね備えているような日出男に一種の憧れを抱いていた。彼がそこにいると、熱気を帯びた風がこちらに向かって心地よく吹いてくるのを感じるのだ。彼に寄せるこの気持ちは今振り返れば、自分のひ弱さを恥じる劣等感からきたもののようだ。当時、軍服を着た陸軍の配属将校が来ては軍事教練が行われていた。真冬の渡河《とか》訓練や崖登り、雪の日の行軍などもつらかったが、日常業務となった歩兵銃の操作や分解しての手入れも苦手だった。二年生になってからは一般教科にとってかわり来る日も来る日も軍事教練だった。帯剣、弾倉をベルトにつけての行動も日課となり、爆薬を抱えて敵の戦車に飛び込むといった物騒な訓練までやらされるようになった。教官が銃を腰だめに構え、「いいか、自動小銃で敵は撃ちよるぞ」と怒鳴れば、和真たちはその銃口をかいくぐるようにして腹這いで進まなければならない。運動場の土ぼこりが容赦なく口や鼻に入った。そんな時、いつも模範演習をやらされるのが日出男で、運動能力抜群の彼の動きは流れるようにしなやかで機敏、つい見とれている自分がいた。

雨はまだ止まない。山桃の枝先から落ちる雫を手のひらで受けつつ和真は裸電球の下、飛行機の部品を作らされていた敗戦間近の日のことを思い出す。学徒動員で行かされた航空廠のトンネル工場では四六時中、天井から水滴が落ちてきて、それをやかんで受けながらの作業だった。すでに制空権はなく、毎日グラマン機が来襲して海辺に据えられた機銃座と交戦していた。そしてあの日、八月十五日の午後、戦争に負けたことが発表されると、工場内は興奮した青年士官が拳銃を空に向かってぶっ放すやら日本刀を振り回すやらの大変な騒ぎになった。和真たちも、神の国である日本が負けて降伏したなどと、どうしても信じられなかった。本土決戦になっても最後は必ず勝つと信じ込まされていたからだ。次の日、出勤したものの何ともいえない空気が流れるなか、上級生の一人が言った。

「投降しても死。戦っても死。そんならいっそやれるだけやろうぜ」すると、別の上級生も言った。「それにはまず武器がいる。そうだ。ヤスリで短剣ば作ろうで」反対する者はいなかった。まもなくあたりにけたたましいグラインダーの音が響き始め、四十センチの大型ヤスリはみるみるうちに、短剣に変わっていった。和真はおろおろしながら見ているだけだったが、日出男は思いつめたような表情で作業に加わっていた。

そして五万人もの占領軍がこの街にも上陸してきてまもなく、あの事件が起こった。そのヤスリの短剣を持って教師たちに踊りかかる一団がおり、その中に日出男も加わっていたのだ。彼らは口々に喚いていた。「この戦争は間違ってましただと」「なら、なんで反対せんやったとか」「正義を一夜でひっくり返していいのかよ」短剣を振り回す。殴りかかっていく。廊下のあちこちにころがっている教師たちのスリッパを見ながら和真はただむなしかった。

雨が小降りになってきた。川に沿って再び歩きつつ、和真は心の中でつぶやく。
――トミちゃん、きみはどこにいるんだ。
潮の満ち干の加減か、川からは微かなどぶの臭いが上がってくる。

四

次の日は日曜日で、人に会う約束があり昼少し前には下宿先を出た。図書館前の橋の上に立つと、陽の光は容赦なく照りつけ、いやでもあの夏の日がよみがえる。あの夏、廃墟と化したこの地にも太陽だけは眩しく光り輝いていたが、その光がどれほど強くても虚ろな心には届かないことを和真は感じていた。まるで自分が空っぽの一つの容器のようで生きている実感がなかった。和真が焼け出されるまで住んでいた名切谷《なきりだに》の通りに目をやる。そこはかつて、公設市場やカフェー、食堂、酒屋、病院、薬屋が軒を連ねる賑やかな所で、少し上った所には遊郭があった。それが、あの大空襲で焼野が原になり、多くの市民が命を失った。敗戦後は進駐軍のブルドーザーがまたたく間に整地したかと思うと、跡地には彼らの住宅が建った。今や和真たち一家が住んでいた家も、白い壁に玄関ポーチのある洋館に変わっているのだった。

それに、かなりの数の同級生が亡くなったり家族を失ったりしたが、日出男も例外ではなかった。家族全員が床下防空壕で窒息死し、彼一人が生き残った、と聞いた。厭戦気分になってはいけないと抑えていたが、「もう嫌だ」の思いがこみあげてくるのをどうしようもなかった。思えば、あの空襲の後、日出男とはゆっくり話す機会がなかった。自分たち家族がどう日々をつなぐかで精いっぱいだったのだ。鎮守府に勤めていた父は和真が幼い時に結核で亡くなっており母が呉服屋の和裁をし、実家の助けもあったりで生活を支えていた。それが、空襲で何もかも灰になったのがショックだったのだろう。その母……食事が喉を通らなくなり、まもなく父と同じ病に罹っていることもわかった。妹はまだ三歳だし和真がしっかりしていなければならなかった。だが、日出男の方は家族全員を亡くしたのだ。言うに言えない悲しみ、苦労があったに違いない。空襲の後、どこでどんなふうに過ごしていたのだろうか。

和真は何げなく腕時計を見た。そろそろ時間だった。待ち合わせの時、和真は三十分前には着くようにしているので、まもなく姿を現すだろう下窄《しもさこ》三穂《みほ》は「時計さん」と呼んでからかう。彼女は六、七歳年上の頼りになる職場の同僚で、デートするのは三度目だが、初めて会った時からビビッとくるものがあって、波長が合うというか、言葉の意味することをすっとわかりあえる気がした。何事にも前向き、よく本を読んでおり、喋っていて何かと刺激されるのもよかった。

「きょうも暑かねえ」後ろから声がした。と思うとすぐに、白い帽子に紺のワンピース姿の三穂の笑顔が目の前に現れた。こちらの顔をのぞき込むようにして「どがんしたと。またまた浮かない顔して」と訊く。

「空襲のこととか、思い出してた。見てよ。僕の住んでた家は今やアメリカさんのマイホームさ」

と答えると三穂は真顔になってうなずく。

「そう。江口さん家《ち》はこの先の名切谷だったとよね。でもさ、あれからもう九年も経つとよ。わたしはいつまでもくよくよしたくないな」といつものこちらを包み込むような笑顔になる。そして言うのだった。やっと戦争が終わって、今では民主主義の世の中になって、建て前だけでも男女平等になり戦前はなかった選挙権を女性も獲得できた。待ち望んでいた新しい時代が来たと女性の自分は喜んでいる。「ところが若い男性である江口さんは、いつもこの新しい空気に馴染めないって顔をしてる。それがどうもね、気になるとよ。なぜね」

これに対し和真はこう言い訳した。

異国のようになったわが街に居て、居心地が悪いだけだ。日本は独立したはずなのに、そう、九年も経つのに占領軍がまだ居座っている。これじゃ植民地みたいだ。そしてやっぱりそのことに触れずにはいられなかった。

「それに今、ひとつ、気になってることがあるんだ。同級生だったやつがどうも朝鮮半島に従軍したみたいなんだ。これって、戦争放棄したはずの国民としてあってはならないことだと思わないかい」

これに対して三穂は「わたしにそのことで良いとか悪いとか言ってほしいの?」考え深そうな目をして答える。

「まず、その人、なぜ従軍したのでしょうね。それに朝鮮半島で具体的に何をやったのか、それをまず訊いてみたいわ」

「うん。そうだよね」和真はうなずいた。

「だから、こっちは会って話したいんだけど、逃げるんだよ、そいつ」そう言って唇をかみしめる。すると三穂は「なぜかしら」と首をかしげ、ハンカチで額のあたりをぬぐいながら「ここ、暑いわね。車も通るし、どこか入りましょうか」と言った。和真はうなずき、小柄で痩せぎす、少女のような体形の三穂が先にたって歩き出すのに従った。

五

二人が入ったのは三穂の行きつけだという和風の料理店だった。疲れている時、これをいただくと力が戻るの、と言って三穂は、定食の他に、ぼた餅を一個追加した。和真は軽くざるそばにする。

ウェイトレスが去ると三穂はすぐにひそひそした声で、「じつは、わたしの父は船乗りなんだけど、朝鮮戦争にはやはり真っ先に協力させられたとよ」と語り出した。どういうことかと問うと、その戦火がぼっ発するとともに、戦車や将兵の揚陸艦であるＬＳＴに乗船させられ、アメリカなど国連軍の兵士や軍需物資を海上輸送したのだという。またあの夏は、降水量はかなりあったはずなのに、釜山《ぷさん》には追われた避難民が押し寄せ、人口が四百万人にもふくれあがっていた。

そのため人々は渇水に苦しみ、飲料水を確保することも国連軍の緊急任務に加わった。三穂の父親ら日本人船員はそれで、タンカーを改装した水船で大量の水を佐世保からピストン輸送することもやらされた。

「父たちは武装もしていないしね、いつ何が起こるかって、家族としては心配だったとよ」

語るにつれ三穂の表情が曇ってくる。

「でも、占領下だったから、父たちも嫌だとは言えなかったのね。おそらくあなたの同級生もそれで従軍を断れなかったんじゃないの」そう言って三穂は遠くを見る目つきになった。

和真は表情を固くして言った。

「日本の船員がそんなふうに使われてたなんて知らなかったよ。だが、いいのかな。日本は、もう戦争はしないって憲法に謳ってるんだよ。なのに、アメリカの乗り出す戦争に全面協力をさせられたわけだけど」

三穂はうなずく。「わたしも、確かに日本国憲法とは相容れないと思う。でも、政府は戦争協力を認めてるしね」「だからさ、これが前例となって、またアメリカが戦争をやる時、日本に協力を求めてくるんじゃないのかな」

この時、小さくはないぼた餅の固まりを口の中に押し込んだばかりの三穂はしばらく目をぱちぱちやっていたが、ちょっと間をおくときっぱりした口調で言うのだった。

「そんなことはさせない。もう占領下じゃないのよ。それにわたしたち女性にも選挙権があるんだから、戦争には協力しない政府を作るわ。女にとって戦争は絶対に嫌なものだから」

少し論理が飛躍したような気がしたが、あっぱれな食べっぷりに、母もこれぐらいあってくれればいいのに、と感心した直後だったので、ちょっとくぐもった声で、「女でなくたって、誰だって、戦争は嫌だよ。当然だろ」と言った。

ふり返れば朝鮮戦争がぼっ発すると同時に、アメリカ軍などの艦《ふね》が佐世保港を灰色に埋めた。臨時列車はぞくぞくと兵隊や軍需物資を運んで佐世保入りした。ＬＳＴなどの艦でそれが佐世保から朝鮮半島に送り込まれているのだと思うと心配でたまらなくなった。この街にも戦火が飛び火してくるのではないか。しかし新入行員の和真は大テーブルに山と積まれたお札を夜遅くまで数えるのに追われるばかりで時が過ぎてしまった。

うなずきつつ聞いていた三穂は「その、戦火が日本におよぶかもしれないってこと、わたしのすぐ下の弟も心配してたわ。日本は北朝鮮を爆撃したアメリカ空軍の出撃基地になってるんだからって」と、その弟のことを話し出すのだった。

福岡の学生だった彼の場合、先輩に誘われて朝鮮戦争に反対する運動に積極的に関わったのだそうだ。なぜなら近くの板付基地からその爆撃機編隊が出動するのを自分の目で見、不安と怒りを覚えたからだった。「彼、江口さんとならきっと話が嚙み合うわ。どう、今から家に来ない。彼、もう二十五なのにまだ就職できてないし、一人でくさくさしてると思うから」

和真はその青年に会ってみたいと思った。それで二つ返事でうなずいていた。

六

三穂の家は佐世保港を見下ろす小高い山の中腹にあった。

玄関の格子戸には〈英語の手紙　代筆します〉のはり紙があり、それを指差しながら、これ、弟が出してるんだけど、頼みにくる女の人けっこういるのよ、と三穂が言う。

中に入ると、ちゃぶ台でその手紙らしきものを書いているランニングシャツ姿の青年がいた。二人の姿を見ると、笑顔になり「姉貴がお世話になっているようで」と頭を下げ自己紹介をする。

「自分は弟の誠四郎《せいしろう》です。このところ曖昧な日々を過ごしてましてね。こうやって、武装した外国人にカワレテいる女性の代筆をやってます」

カワレテいるとは、買われて、それとも、飼われて、どちらの文字を当てはめたらいいのか、和真がそんなことにこだわって言葉が出ないでいると、青年は、親しい友人にでも出会ったように喋り出すのだった。

このあたりはオンリーさんの住まいが多い。

この手紙の依頼主もかつては豊かな暮らしをしていたようだが、相手の男があの戦争に行ってから連絡が取れなくなった。調べてみると、当時佐世保にいた部隊は真っ先にLSTに乗せられたそうだが、全滅したらしい。男が乗り込む時、見送りに行くと、「何のために戦うのかわからない。行きたくない」と泣いていたという。

アメリカの実家に問い合わせればわかるだろうと、今、書いているところだが、たとえ帰還していても心の病になって普通でなくなった兵士は少なくない。

ここまで喋ると、青年は、目に力のあるきりっとした顔をこちらに向け、それまでとは語調を変えて言うのだった。

「それにしても、あなた達銀行員はですよ、仕事柄、特需の数字ばかりに目が行くというか、こういう戦争の実際が見えないんじゃないのかなあ」

麦茶のコップを三つちゃぶ台に並べていた三穂は「ううん」と言ったままそれを否定しない。和真は何か言い返したかったが、やはり適当な言葉が見つからず黙っていた。すると青年は二人の顔を代わる代わる見ながら続ける。「自分は思うんです。それは、この戦争の実際が国民の目には見えなくさせられていたからだって」

そしてさらに改まった口調で披瀝する彼のものの見方は耳を傾けるのに十分な内容だった。彼はこう言った。

――この朝鮮戦争で日本は、アメリカ軍が日々出撃する拠点となり、軍事物資を多々提供し、壊れた艦船や武器、死者を運び込む場所になった。またナパーム弾なども大量に製造され、景気は確かによくなった。わが街、佐世保も然り。しかし、日本の基地からアメリカ空軍の戦闘機が飛び立ち、港にＬＳＴが連日出入りしても戦闘の詳細は伝わってこない。このLSTの大半は、日本人の船員もろともチャーターされた日本の船だったが、それも密かに行われた。そしてもちろん戦争反対の活動をした労働者や学生も少なくなかったが、新聞もラジオもまったくそれを報道しなかった。つまり、情報がどこかで見えなくされていたのだ。

だんだん熱を帯びてくる彼の言葉にうなずきつつ和真はやはり富岡日出男のことを口にしないではいられなかった。

「戦争協力といえば、従軍、つまり参戦した日本人もいたようですね……」

「日本人の従軍ね。それはかなりの数いたんじゃないの」

青年はこう相づちを打つとこちらを正面から見つめてきた。そして言うのだった。あの戦争の時は、佐世保に行けば仕事があるというので県外各地からぞくぞく人が集まってきた。荷役とかの仕事だけでなく志願して傭兵になった者もおそらくいただろう。

「ほんとに従軍したのなら、きみの同級生はすさまじい体験をしてるよ。代筆を頼んでくるオンリーさんの彼氏のように、心に深い傷を負ってるかもしれない。だから、きみが会って話すのは、急がず、時間をかけた方がよいかもしれないね」

言われてみると、そうかもしれないと思う。

「話が深刻になってきたようね」

湯気の立つとうもろこしを運んできた三穂が言う。「江口さん、誠四郎の話は講釈ばかりで面白くないでしょ」これに対し和真は「いいえ、勉強になってます」と答えた。

「だったらいいけど。いつも、誰に対しても演説ばかりしてるから母が言うのよ。誠四郎は代議士にでもなるつもりかって」

「だって、自分はこの国の未来が心配なんだ」

むきになって青年は言い募る。

——日本が再び軍国化しつつあるのを黙って見ていろと言うのか。つい先日、自衛隊法が国会を通ったが、海外派兵禁止の参議院決議がなされたのはよかった。派兵はしないと縛りをかけたのだから。だが、自衛隊の前身、警察予備隊を作る時は、法律ではなく政令で決められたことを忘れてはいけない。国会で審議されなかったのはアメリカの圧力だったと聞いているが、これは明らかに民主主義の崩壊で、憲法違反だ。自分はこの国がいつまでも平和であるよう今後も活動していきたい。そのせいで就職のことがつい二の次になっているのだが……。

誠四郎の主張に和真はいちいちうなずいていた。一段落したところで、やおら訊いてみる。

「それで、就職の方、めどはつきそうなんですか」すると「いいや。姉に言わせると、努力が足りないらしくてね。おつむの中が忙しいばかりで」照れたように頭を掻きながら答える。

学生時代の活動が興信所の調べに引っ掛かるのか内定取り消しが続くのには参った。それでも教員の口ならあった。しかしそれも、板書《ばんしょ》が苦手だしなあ、と迷っているうちに他の学生に取られてしまった。

「後悔したりしませんか」つい、立ち入って訊くと、「何を？　活動したことをかい。まさか、正しいと思ったことは、命がけでも発言し、やるしかないと思ってたからね」と答えた。

命がけでもか。この烈々たる気迫……。石橋を叩いてみるだけで渡れない自分との違いを感じ頬のあたりが熱くなる。

その後、誠四郎はまた朝鮮戦争について論評を続けたが、日本がどう協力させられたかだけでなく、この戦争がその国に残したものを直視しなければいけないと力説した。まず、町や村の破壊は半島全土に及んだが、アメリカの空爆をうけた北朝鮮の場合はことにすさまじかった。また死者の数は正確にはわかっていないが、三百万人から四百万人といわれており、これは人口の一割を越えている。北も、南も、統一を願っている中での戦火ぼっ発だったが、今や親子兄弟で北と南に分かれ……その離散家族は一千万人という悲劇を生んでいる……。

誠四郎の話は和真の想像を超えるもので、一言も聞き漏らすまいと聞き入り、時々質問をしたりするうち、あっという間に時は過ぎていった。

日が落ちてきたので辞意を告げると、誠四郎は握手を求め、こう言ってくれた。

「考える人間は多くない。きみの飽くなき知識欲が気に入ったよ。今後ともよろしく」

これに対し和真もその手を握り返しながら答えた。

「こちらこそ。僕の方もあなたに鼓舞されて少し活性化した気分です。昨日よりきょう、一ミリでも前に進む自分でありたいです」

そして三穂はというと、残ったとうもろこしを包んでくれながら言うのだった。

「わたしもなんだか誠四郎に宿題を出されたみたい。わたしたち、日本人がこの戦争でやったこと、決して忘れちゃいけないのよね」

そのとおりだと思った。そして、二人に見送られ、バス停に向かったのだが、目の前に浮かぶのはやはり日出男の傷ついたあの顔で、妙な胸騒ぎに襲われる。日出男が和真に助けを求めているような気がするのだ。会うのは急がず時間をかけろ、と誠四郎は助言してくれた。しかし、それではどうも手遅れになりそうな気がしてならない。しかし、どうしたら会えるのだろう。見上げる空に浮かぶ少し欠けた月。それが日出男の顔に見えてくる。

七

週明けの午後、会って話をしたいとの一念が通じたのか、和真は偶然、さる所で日出男と鉢合わせした。

この日は集金係の年配の行員が忌引で急に休み、それで和真がカバーをしなければならなくなったのだ。それで三時に窓口を閉めると同時に大きめの集金かばんを肩にかけ、そのハウス街に向かった。佐世保は、三方が山に囲まれたすり鉢型の地形なので、その進駐軍とともに現れたビジネスガールのいるハウス街も、ゆるやかな上り坂の途中にあった。初めに行くつもりの「チェリーハウス」は、普通の民家をそのまま利用している純和風の作りりで、一階が飲み屋で、入口を別にした二階に帳場があり、もう若くないが品のいい女将がいつも座っていた。

コンクリートの土間になっている玄関に立ち、ごめん下さい、西海銀行ですが、と声をかけると、二階に通じる階段の上に白いショートパンツ姿に頭髪を三角巾できりっと結んだ若い女性が現れた。こちらをちらっと見、ママは今、手が離せないわ、と言った後、奥に向かって呼びかけた。ママァ、銀行屋さんよ。そして、とんとんと階段を下りてきながら、ちょっと待って下さいって、久しぶりに艦が入るので準備をしてるの、と言うと、土間に散らばっていた五、六脚の椅子を壁に立てかけ始めた。すぐ終わるのかな、とつぶやくと、終わるわ、十分もあればすむわ。そう言うので待たせてもらうことにした。

二階から女たちに指示をしているらしい女将の声が聞こえる。洗浄する所とおトイレは特にきれいにしましょ。うちは公娼なんだからね……。

その声を聞きながら朝鮮戦争中に訪れた時のことが浮かぶ。真っ昼間だというのに階段は順番を待つアメリカ兵で鈴生りになり、あたりはアルコールとあの生臭い臭いに満ちていた。彼らの渇望のはけ口になっているのは年若い日本人女性なのだ。それを思うとやはりやりきれなかった。

あら、きょうはいつもの人じゃないのね。

声とともに女将が階段を下りてくると、日掛の金と通帳を差し出す。こんなに客が少ないと、この預金もそろそろ取り崩さなきゃと思ってるのよ。そう言うので、そんなことおっしゃらずに、と和真が女将を説得している時だった。

幌《ほろ》をかぶせた輪タクが左右に揺れながら上ってくるのが目の端に映った。車夫は前のめりになってペダルを力いっぱい漕いでいる。

この坂だから輪タクさんも大変だな、と思っていると、その輪タクが、チェリーハウスの玄関前で止まった。すぐに長い足の白い水兵服の男が下り立ち、「プリリヘヤー　ハナコサン　イマスカ」片言の日本語で喋りつつ入ってきた。ハロー　ウェルカム。ウォンチュ　ステイ　ヒヤー。賑やかにさんざめきつつ二階から駆け下りてくる女たち。

追われるように和真はかばんのチャックをしめ外に出た。この時、そばに佇んでいた車夫の顔を見て「あっ」と声をあげていた。男は、何と隻眼の彼だった。男の方も驚いたらしく、しばらくこちらを睨むように見つめていたが、「まさか、こんなところで会おうとは」と呻くように言った。「トミちゃん、だよね」とかつての呼び名で問うと、男は顔をそむけ「そうよ」と答えた。「何日か前、きみらしき人を追いかけたけど、あれはやっぱりきみだったんだろ」とその顔をのぞき込むと、

「うん。気づいてた」とうなずく。

「どうして逃げたんだよ。久しぶりに会ってさ、いろいろ話もしたいのに。挨拶

ぐらいしたっていいだろ」するとその男、日出男はこちらを向き、くぐもった声で言うのだった。「だがよ、ショックだったんだ。あの日、会った時のきみの表情、嫌なものを見たって顔をした。こんなご面相だからな、仕方ないけどさ。きみにはあんな顔、してほしくなかった」「何言うんだ」と和真は口をとがらせた。「トミちゃんってことがすぐにはわからなかっただけじゃないか。僕はきみのこと忘れたことないよ。運動能力抜群で剛毅な性格のきみに小兵《こひょう》の僕はいつも憧れてた。ほら、青ヤン事件の時は二人一緒に調書を取られたりしたじゃない」それを言うと、日出男は真面目な表情でうなずいた。

「うん。あの時はほんと悩んだよな。青ヤン、あの後、どうなったんだろ……」

和真は言った。

「ね、トミちゃん、どうだろ。今夜にでもさ、どこかでゆっくり積もる話をしようよ」

するとと日出男は、とんでもないというふうに首を大きく横に振る。「駄目だ。

今夜は稼ぎ時だからな。ま、そのうちにな」「そのうちって、いつだよ。僕からきみへの連絡は取れないんだよ」詰め寄ると和真は名刺を取り出しその手にねじ込んだ。「都合がついたらここへ連絡してよ。きっとだよ」

日出男は、それを斜めに見ながらつぶやく。「銀行員か。食いっぱぐれのない仕事だな。だが、カズにゃちょっと物足らんだろ」

日出男がかつての呼び名を使ったことで、二人の距離がかなり狭まっているのを感じた。

そこへ女将が近づいてきて「またよろしくね」と言いつつ白い紙に包んだお捻りのようなものを差し出した。すると日出男はそれを押し戴くようにして受け取ると、すぐに自転車にまたがった。

「じゃ、カズ、またな」その言葉を残し輪タクは、上ってくる時とは違う凄い速さで、滑るように坂を下っていった。

八

日出男が電話してきたのは数日後の土曜日だった。その日、終業時間の三時になると和真は残業をしている同僚に、急用ができましたので、と頭を下げて裏口から外に出た。

真夏の太陽はまだしぶとく西よりの空に控えている。日出男は、眩しそうに片手を顔の前に翳《かざ》して通りの電柱の陰に立っていた。和真が近づいていくと、無言でうなずき、先に立って歩き出す。

「輪タク、いつからやりよっとね」と訊くと「もう一年になるかな」と答える。「目の不自由かとに大丈夫ね」「何の。球技をやるわけじゃなし。目なんて一つあれば十分さ」「そういうもんかな」

道路を横切って佐世保川の川べりに出ると、大男の米兵に抱かれた厚化粧の女性が輪タクに乗っていくのとすれ違う。小さなボートに乗って川遊びをしているやはりそういう派手な衣裳の女性と白いセーラー服の米兵を目の端にとらえながら「トミちゃんは、駐留軍で働いてたんだってね」と話しかけた。

「そうよ。だって仕方ないだろ。俺の場合、空襲で家族みんな居なくなったし、いつも腹をすかしてたからね」

ここで歩調をゆるめ、川向うの米軍基地の方を向いて立ち止まると、続ける。

そんな時、アメリカ軍の下司官がハウスボーイを探していると教えてくれた先輩がいた。勧められ、会ってみると、その日から家で働いてくれと言われた。これでやっと飢えから解放された。人使いが荒かったが、かなりの賃金を払ってくれたし、生きた英語の勉強にもなったのでつらいとは思わなかった。また一家と暮らすうちに、その豊かさ、自由で解放された精神のありようにすっかり魅了され、いわゆるアメリカかぶれになった。数年後、一家が本国に引き揚げる時、基地の食堂のコック見習いをやってみないかと勧められた。他に良い仕事が見つかりそうもないので引き受けた。そこでも仕事ぶりが認められ、トミー、トミーとニックネームで呼ばれてかわいがられた。そしてまもなく朝鮮半島であの戦火がぼっ発した。

ここで言葉を途切らせ日出男はゆっくり頭を横に振る。そして急に早足で歩き出す。

川べりにある市民病院の玄関前を通り、温泉マークのついた旅館の角を曲がると、ローカル線のガード下に出た。そこにある古本屋の横から夜店通りの映画館街へ抜けて軒先の低い一杯飲み屋がひしめく路地裏に、ついと入った。自分の靴音ばかりがえらく響く露地だ。その突き当たりまで来ると、足元のコンクリートの階段を下り始めた。地下にあるその店は、入口の開き戸が、力を入れないと開かない、古いさびれた感じの飲み屋だった。しかしカウンターに一人いる女性はくっきりと彫りの深い顔立ちで、チャイナ襟の白い半袖の上着姿が清々しさを発信していた。客はいない。日出男は奥のボックス席に座ると「ここは初めての客は来ないからいい」と言って片頬をゆるめた。「何をつくりましょうか」と女性が低い声で訊くと、「きょうは話をしたいから飲まない。コーヒーでいい」と答えた。

出されたお冷やをぐうっと一気に飲むと、顔をちょっとそむけるようにして言う。

「正直言って、今は誰にも会いたくない心境なんだ。なぜなら上級生に面と向かって言われたことがあるもんでね。いくら待遇がよいからって米軍の下で働くのは裏切り者だ。太平洋戦争で殺し合った相手だぞって。だが、カズにはこういう俺をわかってほしいというか、逃げ回るのは卑怯に思えてきたんだ。やっぱり懐かしかったんだな」

これに対し和真は「僕は何てったたってトミちゃんに会えて嬉しかよ」と答えた。きょうは徹底して聞き役にまわるつもりでいる。

しかし日出男は和真にも何か喋らせなくては気がすまないらしく、こう言うのだった。

「カズはさ、軍事教練がいかにも辛そうで、弱っちい秀才だったけどよ。今、どんなふうな精神状態なのか、まずそれを聞かしてほしいもんだな」

ううん。あまり気が進まない。しかし何か喋らなくてはならないだろうと思い、ありのままの気持ちが流れ出るに任せる。

焼け出された後は、母が寝こんだりで大変だった。そしてそのわが家の跡地に駐留軍の家族が住んでいるのを見るとやはりむかつく。銀行に勤めてはいるものの、金勘定はどうも苦手で、「世を忍ぶ仮の姿」と思い辛抱している。思うところがあってこの春から夜間の短大に通い始め、自分らしい生き方を探っているところだ。

「世を忍ぶ……だって。へっ、こりゃ、ぼやき漫才だな」

ここで初めて日出男は笑い声をあげた。

「それに、なんだよ。働きながら大学へか。俺にゃ、そんな苦行僧のごたることはできんばい。それにやっぱりカズはスタティック、静的だな」カタカナ混じりのそういう批評をし、両手を広げてアメリカ人のように「ンフン」と鼻を鳴らした。

「それに比べ俺の方はさ」やおら日出男はくぐもった声で喋り出す。

「雑巾で拭ってまわりたいことばかりしてきたよ。マッカーサーが議会で言ったそうじゃないか。日本人の精神年齢は十二歳の子どもだって。それを聞いた時、俺は自分が言われたような気がしたよ」

　自嘲的なこの言い方。和真はここでつい、そのことを訊いてみる。

「トミちゃん、きみは朝鮮戦争に従軍したって噂だけど、ほんとうかい」

するとと日出男は「あーっ」と声をあげ、その顔がとたんにこわばった。ちょっと間をおいて、呻くように言う。

「ううん。やっぱり……カズはそのことを喋らせたいんだな。しかし、俺はどうもな……」

　それに対し、和真は相手の目をじっと見つめながら「話したくなかったら無理に訊こうとは思わないよ」と言った。

「ただ、どうしてあのトミちゃんが他国の、アメリカの戦争に参加したのかと、やっぱり気になるのさ」

「あーっ」と日出男はまた声をあげる。居心地悪そうにもじもじして、ため息をつく。そして、しばらく間をおいた後、意を決したように「従軍はしたさ。だが、多くは語れないよ」と言った。

「でも、なぜなのさ。なぜ行ったんだよ」

つい問い質す口調になる。

「なぜって。基地の仕事の延長だよ」

これにはあっさり、その背景を語ってくれた。

あの戦火がぼっ発して何日か後だった。あわただしい雰囲気の中、よく声をかけてくれる軍曹が、自分たちも行くから、トミー、きみも付いて来い、通訳が必要なんだ、と同行を求めてきた。即答できずに迷っていると、一カ月ぐらいならいいのか、給料が今の何倍も出るだろう。トミーの力をぜひ貸してほしい、と詰め寄ってきた。説得されるうちに追いつめられる気分になり首をたてにふっていた。断れば失職する恐れがあったし日本はオキュパイド、占領されてる国だから仕方ないとも思った。

ここまで喋ると日出男はふっと言葉を途切らせた。眉をひそめ、何かつらいことに耐えてでもいるように唇を震わせ始める。そして歯の間から押し出すような声で「その後のことは、勘弁してくれ」と言うのだった。

「まさか、トミちゃん、きみは銃を持たされたんじゃないだろうね」

和真はとっさにまた訊いてしまっていた。日出男は人差し指を立てて自分の唇に当て、「しいっ」と声を漏らした。そして続ける。

「まあな。だが、たとえ銃を持たされても俺は発砲しない、と決めていた。それに戦場ではたとえ発砲しても誰が撃ったかわかりゃしないよ」

しかしその気楽そうな言葉とは裏腹に、日出男の目からは涙が溢れているのだった。

「ごめん。つい……」和真は謝った。日出男はゆっくり首を横に振る。そしてやにわに立ち上がると「出よう」と言った。

地上に出ると、はるか向こう、赤黒い残照が街を囲む山々をくっきり浮き彫りにしていた。ずんずん先を行く背中に向かって和真は叫んだ。

「このまま別れるのか。僕はそういうトミちゃんをほっとけないんだよ」

日出男は歩速を落とした。和真がよろめきつつ追いつくのを待つようにして言った。

「相変わらずしつこいな。カズは銀行屋よりさ、新聞記者にでもなった方がいいよ」

その顔にもう涙はなく、「どうね、俺の部屋に来るかい。ごみ溜めみたいな所だけど」

そう言ってくれたので、その目をまっすぐに見ながら答えていた。

「うん。トミちゃんさえよければ」

九

日出男が案内してくれたのは港に近い市場の横の小さな食堂の二階だった。なるほどそこは部屋全体が大きなごみ集積所のようだったが、「これでもあの戦場の野営よりはましさ」などと言い訳しながら日出男は、万年床らしい蒲団を隅の方に押しやり座る場所を作った。

そしてこちらの顔を見ないまま「そうよ。俺は発砲しない兵士に徹するつもりだったのさ。ところが」と急き込んだ調子で喋り始めるのだった。

――戦場では弾がびゅんびゅん飛んできた。事前に聞かされた話とは違うと思ったが、黒光りするカービン銃と弾薬を渡されていたし殺されないためには殺るしかなかった。銃は、学校の教練で握ったことのあるのと違って操作は簡単だった。三十発の連射も装塡《そうてん》の仕方では出来た。撃って、撃って、撃ちまくった。それで相手方を何人倒したかわからない。まわりの兵士は次々に倒れ、日出男も弾が顔をかすめけがをした。「ここで死ぬんだな」と覚悟した。

ここまで一気に喋ると日出男は「ふうっ」と吐息を漏らした。そしてつぶやく。

「ああ、とうとう言ってしまった。俺は憎む理由のない人間に銃ば向けたとばい」

和真は何とも答えようがなく石のように固まっていた。戦場でのことだとわかってはいても、人に銃を向けた、などという台詞を聞くと、恐ろしさでいっぱいになった。

ちょっと間をおき、日出男はやや落ち着いた口調で再び語り出す。

けがをした後、山の中を何日かさまよった。そして山水で傷口を洗っている時、別の部隊の兵士に出会った。彼の部隊に拾われ、傷の手当てを受けることができたのはラッキーだった。部隊では、傷が治りかけると、少し心得のある炊事の手伝いをさせてもらった。その頃、韓国軍は、北からの軍に押されるばかりで傷の癒える秋の初め頃にはほぼ全域が占領され、半島の南端、釜山付近に追いつめられていた。避難民とともに南へ南へと退却しつつ日出男は見た。戦争で殺されるのは兵士だけじゃない。持てるだけの荷物を背負ったり頭に載せたりして群をなしていく避難民の上にも空からの爆弾は落ちてきた。恐ろしいことに、スパイが混じってるかもしれないからと味方の軍から銃撃された避難民の集団もあった。野晒しになっている、お袋に似た女性や弟に似た子どもの屍体を見ると佐世保での空襲を思い出し涙が溢れた。釜山に辿り着いて野営したが、そこは避難民で溢れ返り、飲む水にさえ事欠く有様だった。

その頃からだった。あの銃撃戦の記憶がぶり返し、悪夢にうなされるようになったのだ。そんな眠れない夜、満天の星を見上げながら衝き上げてくる思いがあった。

――あんなふうに殺った自分は、これから先、のうのうと生きていけるだろうか。答えはノーだった。ならどうやって死のうか。人に迷惑をかけない一番いい方法は、この戦いで相手方の弾に当たって戦死することのように思えた。こちらの部隊が反撃に出る日を覚悟して待った。しかし戦闘の日が来る前に、日本に送り返されることになった。その理由は自分が負傷したからだろうと思っていたが、そうではないらしかった。ある兵士の話では、ソ連と北朝鮮から「北朝鮮軍と戦わせるため、日本人を朝鮮半島に連れていっている」と抗議があったのだという。

ところが、帰ってはきたものの、この街のどこにも、居場所は、なかった。それに、夜になると、戦場でのことが生々しくぶり返した。銃撃戦のけたたましい音……撃たれた兵士の血の臭い……そこらじゅうに散らばり折り重なる屍体……焼きつくされ廃墟となった市街……。そして襲ってくるのは、自分もこの戦で銃を持ったという後ろめたさだった。そのうち退職時にもらった金はなくなり、また飢える日が待っていた。

「それで、どうかした弾みで……」

何かを言いかけた日出男はここで言葉を途切らし、こちらの顔を思いつめたような表情で見つめてくる。そして「やっちまいそうになるんだ」と言う。

――そう。死ぬのが一番よいかもしれない、と思ってしまう。自分のようなロクデナシは、いっそあの空襲で死んでいればよかった。こう思うのも、じつはあの夜は、上級生のワルとつるんで映画を見に行っていたからだ。もちろん映画館は出入り禁止だから、指導員の目を気にしながらの鑑賞だ。エノケンのドタバタ喜劇だったが、終わったのが九時ごろで、遅くなったので上級生の家に泊めてもらうことにした。それで、自分一人が床下防空壕の窒息死から免れたのだった。もともと自分はそういうロクデナシだ。顔のけがもあったが、傷の痛みなんて心のそれに比べれば、どうということもなかったように思えた。それで、どのようにして死ぬのが一番よいだろうかとまた考える。そしてある夜、町外れのトンネル横で、次の列車が来たら飛び込もうと待っていた。そこへ通りかかったのが輪タクの車夫をやっている中年の男性だった。熊本から出稼ぎに来ていた人だが、様子を見て、ぴんときたらしい。「若いのに何だ。死ぬ気があったら何でも出来るぞ」と、どやし付けられた。そして彼の世話で輪タクの待機所の仲間入りをすることになった。

自転車の後ろに米兵を乗せて走るのだが、英語がかなり喋れるのでチップが弾むこともあった。しかし心の内にはいつも埋めようのない虚しさがあった。やっぱり自分は生きている価値のないやつだ、と思ってしまう。そして部屋に戻って一人になると、またも死の誘惑に負けそうになる。

ここまで語ると日出男は、頭痛でもするのか、手の平の拇指球で眉のあたりをもみほぐす仕種をしながら「ところでよ、カズ」と問いかけてくる。

「きみは死にたいなどと思ったことなどないだろうな」「うん。ないよ」と和真は即答した。

「だって、僕がいなくなったら困る家族がいるもん。でも、またこの日本が戦争する国に戻っていくのなら、もう嫌だ、生きていたくないな、とは思うよ」

するとと日出男は鼻で笑った。

「ふん。戦争の真の恐さを知らないやつが、よく言うよ。実戦は軍事教練とは違う。殺るか、殺られるかだぞ」

「わかってるさ」と和真は言い返す。

「僕だって空襲で逃げ回ったんだよ。そりゃ、きみみたいに人を殺ったりはしてないけどさ」

すると、それまで平静だった日出男の顔が見ているうちに赤黒くなった。凄みのある顔つきで言う。

「言ったな。やっぱりそう思ってる、カズも、俺が人を殺した人間だって。カズだからと思って、それで、何もかも喋ったのに」

みるみるその目から、また溢れるものがある。やにわにこちらの胸ぐらを取る。叫ぶ。

「おいっ、カズ、お前は裁判官かよ。まだここに居るつもりか。これ以上、俺を苦しめて、どうしようって、言うんだよ」

最後の方は泣き声になっていた。そんなつもりはなかったのに、和真は日出男に言ってしまったようだ。彼を最も傷つけることを……。その骨ばってごつごつした手を払いのけ「ごめんよ。つい」と謝ったが、日出男は何も答えずただ涙を流し続けている。

「じゃ、僕はもう、帰るから……」

和真はのろのろ立ち上がった。そして、どうにも重いものを背負わされた気分でその部屋を出たのだった。

その後、どのようにして下宿に辿り着いたか記憶がない。心は自己嫌悪にさいなまれていた。ああいう質問をどうしてしてしまったのか。人を殺ったことのあるきみ、などという台詞がどうして飛び出したのか。日出男にとっては、やっと治りかけた傷の、瘡蓋《かさぶた》を剝がされたような気分だったかもしれない。そんなことを言った者に彼はもう二度と会いたくないだろう。確かにそこは戦場だったのだから、殺したり殺されたりは避けようもなくあっただろう。しかし、少年の日の憧れの存在だった彼にそんな体験はしてほしくなかった、とやっぱり思うのだ。せっかく日本は戦争をしない国になったのに、どうして従軍を断らなかったのだろうか、と。

あれこれ心を砕きながら下宿の裏口から入り階段を足音がしないように上った。そっと部屋に入り布団に横になったが頭は熱を帯びたままだった。

日出男は何という恐ろしい体験をしたことか。今になってその生々しさに鳥肌が立つ。あたりの空気がだんだん重たくなってくる。息苦しく、やたら喉が渇く。起き上がると、コップに注いだ水を何倍も飲んだ。

再び横になったものの頭の芯のところはまだ熱く、いつまでも寝つけなかった。

十

それから三ヵ月あまりが過ぎた。

和真は、相変わらず心の空洞を意識しつつも、何とか世の中の真実を見極めたい、ともがく日々だ。三穂とのつきあいは、ともに成長する友人として続いているし、誠四郎からは、定時制高校の社会科の教員として勤めることにしたと知らせがあった。母の病状はといえば一進一退で、食が相変わらず細く、まだまだ予断を許さないと医者は言っている。

そんな秋の夜、授業を終えて下宿に戻ると、茶封筒のかなり分厚い封書が届いていた。母がまた何か言ってきたのだろうと思いつつ、薄暗い階段の上り口にある個人用状差しからそれを抜き取るとポケットにねじこんだ。

次の休みには出かけていってゆっくり話を聞こうと思う。療養所にいる母はこのところ同室の老女と折り合いが悪く個室に変わりたいと訴えてきていた。

部屋の灯をつけて手紙を取り出した和真は、「ええっ、何だよ」と声をあげていた。この勢いのある崩し文字。差出人は母ではなく、あれっきりになっている富岡日出男だった。胸騒ぎを覚えつつ急いで封を切る。ばらしたノートに書いたなぐり書きの文字は相変わらず判読に苦しむ箇所もあったが、心の高まりが伝わってくる文面だった。

先日は久しぶりにカズと対面し、つい内なる苦しさを吐き出させてもらった。だが、あれは、誰にも喋るなと、命じられていることだからな。今、ちょっとじゃなく、大いに反省しているところだ。今思うと、あの夜の俺は平常心じゃなかったのだよ。しかしカズにあれこれぶちまけたことで自分の体験を客観的に眺めるのに少しは役だった気がするよ。

まず言っておくが、従軍した俺は、だからこそ強く平和を願っている。こうしてカズに向かうと、俺はまたぼやき漫才をやりたくなったよ。

そもそもこの朝鮮動乱って何だったんだろうね。戦後、日本の植民地だった朝鮮半島の北をソ連、南をアメリカが分轄占領していたところ、南北とも、独立して統一国家を作りたい、との願いに端を発する紛争だよね。それが武力によるあの動乱へと突き進み、……アメリカの占領下にあった日本があっという間に出撃基地にされてしまった。結果として俺のように平和憲法のもと銃を取る結果になった日本人が少なくない数、存在することになったわけだ。

こう整理すると、俺は他国の戦争に引っ張り出され、深傷を負ったお人好しの日本人というところか。

前置きのぼやきが長くなったが、じつはカズに報告しときたいことがいくつかあるのだよ。さあて、何から話そうかな。

じつは、まったく偶然としか言いようがないが、会いたくてたまらなかった人に会えたんだよ。誰だと思うかい。あの青ヤンさ。俺はもう輪タクの待機所からは遠ざかっていたけど、久しぶりにその日、外出したのよ。

あ、ここで、なぜ輪タクを休むようになったのかの説明が必要だね。じつは、走っている時、交通事故の現場に行き当たってさ、その時また戦場の記憶がぶり返してきたんだ。その男は、照りつける太陽の下、目を大きく開けたまま死んでいた。それが戦場で殺った若い兵士の顔に見えてきて、思わず叫び声を上げていたんだ。客を乗せていなかったからよかったものの、その後ノイローゼのようになってさ、待機所に行けなくなったというわけ。

さて、その日、デパートの近くの繁華街を歩いていたら、向こうからまっすぐ前を向いて近づいてくる青い半袖シャツの男がいるじゃない。それがさ、十年近くたってもまったく変わっていない、青ヤン先生だったんだ。

俺は、こんな片目になってたし、迷ったよ。だが、あの時のことを謝らなくちゃ、というのがあったからね。それで、「久しぶりです、先生」といいながら駆け寄った。向こうは目を丸くして誰だかわからないふうだった。大声で「一年×組にいた……」と名乗ると、「ああ、あの富岡か」と思い出してくれた。だが、さっと顔に影が走って、あまり懐かしそうではなかったな。当然だけど。あの後のことを訊いてみると、終戦までは暗い所に勾留されていたが、戦後は、四国の私立の高校に復職できたそうだ。

それを聞いて、ほっとしたよ。この日は奥さんの里帰りに付いてきたそうだが、気晴しにぶらぶらしていたらしい。きみに会えるなんて、犬も歩けば棒に当たる、だね、って、笑ってたがね。その後、喫茶店に入っていろいろ話ができた。あの事件のことを謝ると、「忌まわしい時代だった」とだけ言った。

そしてすぐに俺の今後のことに話題は移った。俺はこのとおりの人間だからね。訊かれると、なにもかも喋ってしまっていた。すると、青ヤンのやつ、教師の顔に戻っていろいろ説教しやがるのよ。きみは、あの頃、優秀な軍国少年だった。その律儀さ、一途さが米軍に利用されたんだ。きみは従軍したことで自分を責めるな。そんな体験をしたきみだからこそ二度と戦争に参加しないですむよう運動する道もあるんじゃないかって。そう言う青ヤンは、学校の仲間とともに朝鮮戦争に反対する集会やデモに参加したそうだ。そうしないではいられなかったって、あの熱っぽい調子で語るのよ。相変わらずの熱血ぶりでよ、まいったな。それからこんなことも言うんだな。

きみは、そう、何かをなすために生かされたんだ。生きて日本へ帰れたんだ。忘れてならないのは、人間とは日に日に新しい自分を創っていける存在だってことだ。誇りを持って新しい自分をこれから創っていけばいいじゃないか。うん。うん。そうよ。青ヤンの言うことは俺の胸にびんびん響いたね。そして、やる気があるなら、小学校の用務員として紹介するあてがあるとも言ってくれた。

なんでも、青ヤンの伯父さんがそこの校長とかで、学校の中に用務員室があって、校舎の裏の古い小さな家に住んでよいそうだ。それほど俺のことを信用し心配してくれるかと思うと涙ぐんでしまった。これはカズに向かい合った時とは違う感激の涙だよ。しかし、即答は避けた。急な話だし、こんな顔だからね、まず病院に行くのが先だろうと思った。

青ヤンとは喫茶店の前で別れたが、とにかく四国に来い、来れば後は何とかなる、と何度も言ってくれた。俺はいつになく心が上向きになっているのを感じ、この街を離れるのもいいかな、と思った。

さあて、小学校で働くとなると、美容上、この眼だけでも早く何とか見映えのいいように整えないといけない。だが先立つものが無い。うじうじ悩んでいる時だった。

一人の若い女性が訪ねてきたんだ。ほら、地下の飲み屋にいた娘《こ》だよ。最近俺が待機所に姿を見せない、と客が話しているのを聞いて、寝込んででもいるのじゃないかと心配になったそうだ。俺が元気なのを見て顔中が弾けたような笑顔になったよ。差し入れの弁当を食いながらいろいろ話した。俺が四国に飛ぶつもりだと言うと、自分も付いて行くと言い出してね、それが本気らしいんだ。彼女は引き揚げ者で、出会った時はアメリカ兵相手に花売りをしていた。まだ子どものようだったが、行き倒れ寸前のところを俺がいろいろ面倒みたことがあるんだ。といっても、さるハウスのメイドとして紹介しただけだが、それが修業になって、あの飲み屋に移ってからも、気の利いたツマミが美味い、と常連が増えている。あ、俺はまた言わなくてもよいことをだらだら喋ってるね。

結論を言えば、二人で四国に行くことにしたんだ。幸い彼女には少し蓄えがあり、俺の治療費に回してよい、と言ってくれている。つまり、今の俺は、やはり生きているっていいな、との思いを噛みしめている。この手紙が届く頃、俺はもう佐世保にはいない。きみはきみらしく王道を行ってくれたまえ。そして、アメリカの戦争で銃を取り、心身ともに傷ついた俺のことを忘れないでくれ。彼女の話では「フォーゲット　ミー　ノット」という名の花があるらしいが、今、俺はカズにこの花を贈りたい。日本名で「忘れな草」だ。またいつか会おう。

富岡日出男

俺の裁判官　カズへ

手紙を読み終えると、和真は、ほっと吐息を漏らした。そうか。日出男はもうこの街にはいないのか。少年の頃から気持ちがやさしく、あっという間に人の心を掴むところがあった。そういう彼を慕う女性がいたとしてもおかしくはない。

和真は声に出してつぶやいていた。

——トミちゃん、幸せを願っているよ。そして君が朝鮮戦争を戦わされたこと、決して忘れない。忘れてはならないと思っている……。

参考文献

＊『朝鮮戦争全史』和田春樹（岩波書店）
＊『朝鮮戦争70年』和田春樹・孫崎亨・小森陽一（かもがわ出版）
＊『戦争における人殺しの心理学』デーブ・グロスマン著、安原和見訳（ちくま学芸文庫）

世《ゆ》ば直《なう》れ

一

僕はどの社からも求められないそんなつまらない存在なのか。そもそもメディア業界を目指したのはミスマッチだったのではないか。いや、そうではなく、時代のせいもあるのかもしれない……。就職活動中の東京の大学生古川《ふるかわ》克二《かつじ》はそんな屈託を胸に、朝一番の、佐賀行きの全日空機に乗り込んだ。

このところ、あれこれ思うことが多く、勉強にも就活にも身が入らずまいっていた。このままではいけない。ここらで父母の顔を見、英気を養い、仕送りを増やしてもらう相談も直でやろう。とにかく、くよくよ一人で悩むことはやめるのだ。そう心に決め、座席に着いた。ところが、シートベルトをしめたとたん、どこからともなく聞こえてくるのは、あの八重山民謡の祈るようなフレーズ「ユバナウレー」だった。そして若い女性のひっそりした声が耳の中でこだまする。

「わたしは愛や恋の歌なんて、歌いたくないの……」

なぜ、上原加那子《ういばるかなこ》はそんな言葉を克二に向かって発したのか。それともそれはただの独り言だったのか。

――やれやれ。僕はまた加那子のことを考えているが……彼女にとって僕はどんな存在なのか。

ゆっくり頭を振ると、シートを少し後ろに倒し、目を閉じた。

この夏の初め、加那子に出会ってからのことを反芻してみる。

駅に近いし家賃も安いとあって、今住んでいる古いアパートに越してきたのだが、その真ん前にあったのが食堂〈石垣亭〉だった。

越してきたその日は日曜日でオンラインの授業もなく、早速のぞいてみた。客は誰もおらず、体格のよいおかみがこちらをほっとさせる笑顔で迎えてくれた。勧められたカレーを注文すると、豚の角煮や季節の野菜をたっぷり盛りつけた一皿がとても旨く、おまけにびっくりするほど安かった。そしてBGMとしてこちらのうっ屈した気持ちを和らげるような歌声が奥から流れてくるのだった。それは野太いが温かく、しかも楽し気でもある年配らしい男性の声で、方言らしく言葉の意味はほとんどわからないが、「ユバナウレー」というフレーズが繰り返し挿入されるのが印象的だった。それにしても何という声だろう。単なる美声として片づけられないものがそこにはあった。声そのものがいろんな意味を持つように心にすっと入り込んでくるのだった。聞きほれていると、お冷やを注ぎ足してくれながらおかみが「うちのおじいですよ。歌っていないでは生きられない人なんです」と言う。

なんでもその母方のおじいは沖縄、八重山民謡の歌い手で、若い人たちにも歌い継いでもらいたいと離れの部屋で孫や弟子たちに教えているのだという。ほら、早速、愛弟子の一人が帰ってきたよ。おかみが目で示すところ、入口のあたりが急にパッと日が差したように明るくなった。と思うと、一瞬、あたりの物音が消えた。ほっそりして背の高いその女性は、素っぴんの日焼けした顔に肩にかかるくせ毛、野生の猫を思わせる大きな茶褐色の目が印象的で、鮮やかなオレンジ色のTシャツを身につけていた。

「おじい、いい声出てるじゃん。年の割に」

と言って頬をゆるめ、こちらを横目でちらっと見て、「あら、シシトウの緑とパプリカの赤が映えておいしそう。おばさん、わたしにもお昼はこれ作って。レッスンの後、食べるからさぁ」

歌うような調子でそう言うと、すっきりと伸びた後ろ姿を見せて奥の方へ消えた。

まもなく聞こえてきた彼女の声は高く澄んでいて、やはり「ユバナウレー」という囃し言葉が入っていた。食後のコーヒー百円也を飲みながらしばし聞きほれる。レッスンが終わり戻ってきた彼女に話しかけた。

「ちょっと訊いていいかな。さっきの歌にもあったけど、『ユバナウレ』ってどんな意味？」

女性はテーブルの向かい側に座ると、ぱっちりした目をまっすぐこちらに向け、はきはきした口調でこう説明してくれた。

「ユバナウレ」は、今では、良い世の中にしてほしいの意味で、世の中の「世」に世直しの「直」を当てて、「世《ゆ》ば直《なう》れ」と記して使われているが、元々の語源は、穀物の稔りが豊かでありますように、という願いを込めた言葉だった。八重山地方の豊年祭では、子どもを胴上げしながらこの囃しことばを唱える風習も残っており、歌い手の気分で間合いに頻繁に取り入れる人もいる。この頃のおじいがそうだ。

なるほど。もともとは豊年満作を願う言葉か。

「いいフレーズだね」と克二が言うと、「わたしも好きよ、このお囃し」と彼女も答え、それをきっかけに若い者同士とあって途切れなく会話が弾んだ。

初対面なのに過剰なほど彼女は自分を語り、克二にも多くを喋らせようとした。

上原加那子、今、大学三年の就活中、と彼女はまず名乗った。八重山地方の石垣島で生まれ育ち、中学生になってからは父親の仕事の都合で本島に移り、米軍基地のすぐ近くに住んだ。東京の大学に進学すると、ここ母方の伯母の家の二階に間借りさせてもらっているが、家賃と食事代が浮くので助かっている。ここの食材の野菜も肉も石垣島の産地直送で、安心して食べられるから今後ともひいきにしてほしい。ちなみにここのおじいは、沖縄料理店で人気の歌者《うたしゃ》だが、祖母《おばあ》と曾祖母《ひいばあ》は石垣島で農業のかたわら素泊りの民宿をやっている。

求めに応じ、克二も自己紹介をした。

有明海に面した佐賀平野で生まれ育ち、家は三代続くノリ養殖業だ。跡を継ぐ気はなく逃げるように上京してきたが、ちょうど新型コロナウイルスの流行とあって、授業はオンラインだし、登校する機会もほとんどなしで友だちも作れないでいた。少しの仕送りとバイトで何とかやっているが、連日パソコン相手に籠っていたせいか、このところうつ気味。それが、この店に来て、そのおじいとやらの歌を聞きつつ好物のカレーで腹を満たすうちに気分がかなり上向いた。自分も就活中の三年生で、メディア業界を目指しているのだが、ここに来れば、幸せな気分になれそうで時々は寄らせてもらいたい。

ここまで喋った時だった。

「あら、わたしと同じ」と加那子ははしゃいだ声を上げた。「で、どこを狙ってるの」と訊くので、大手の新聞三社をあげると、「ま、それもわたしと同じところ」と大きな目をますます丸くする。

「つまり、古川さん、私のライバルってわけね。業界の就職フェアとかで一緒になるかもね。だったら、仲よくしよっ。競争しながら協力し合ってさぁ」

加那子の率直な提案に異存はなかった。それからは彼女に会えるだろうという期待も加わって夕食はほとんど〈石垣亭〉ですませるようになった。加那子との交流は新鮮で、就活の情報交換という意味でもありがたかった。

とにかく加那子は克二がこれまでに知っているどの女性とも違っていて、飾らずさばさばした態度で接してくれるのがよかった。バックにはいつもおじいの島うたが流れており、その古い歌の由来やことばの意味を彼女は面倒がらずに解説してくれるので、目を開かされることも多かった。昔、沖縄は、琉球王国という別の国だったのが、日本に併合させられたことも、知っているようで頭からすり抜けていたことだった。何百年も前から歌われてきた八重山民謡の言葉がヤマトの克二にわからないのは当然だったが、それでもおじいの声そのものの持つ圧倒的な魅力で、その歌声はいつもこちらの心を活性化させてくれるのだった。加那子と言葉を交わすことで、この国が狭いようで広いことにも気づかされた。「雪なんて全然降らないよぉ。だって石垣島は台湾のすぐ隣だもん」そんな台詞を聞くと、為政者たちがよく口にする「台湾有事」という言葉が頭の中で点滅したりもする。

「わたし、上京して気付いたんだ。沖縄でよく見る米兵の姿がここには、ほとんどないなって。それが政治に関心を持つようになったきっかけだよ。なぜ米軍基地を沖縄に集中させるのか。沖縄は犠牲になってもいいのかって」

何度目かに顔を合わせた日、彼女は沖縄の基地被害についてえんえんと語った。

――調べてみたら、全国の七割もの米軍基地が小さな沖縄にある。住宅地のすぐ横に基地がある。そのため県民は騒音や飲料水の汚染に苦しみ、ジェット機やヘリが小学校や大学にまで墜落するみたいな被害を日常的に受けている。とにかく民家の軒先をかすめるように軍用機が飛ぶ中で生活しているのだから大変だ。中でも我慢できないのは自分が女性だからかもしれないが、米兵による性暴力だ。

それは六歳という幼い少女にまでおよび、命まで奪われたことがある。

中学三年の春だったが、ウオーキング中の若い女性が元海兵隊の男に突然襲われ、性のはけ口にされた上殺害された事件があった。そのやり口のあまりの残酷さに、これを聞いた後、食事が何日も喉を通らなかった。今でも思い出しただけで胸がふさがって息苦しくなる。この時には六万五千人もが集まって沖縄県民大会が開かれ、「海兵隊は撤退を」のプラカードを一斉に掲げた映像がテレビでも流れた。そして高一の時には自分自身がその被害に遭いそうになった。友人と二人映画を見ての帰りがけ、人通りの少ない所に来たところで複数の米兵に追いかけられたのだ。そして加那子は逃げきったが、友人は……。

まわりからはそのことの口外を止められ、忘れるように言われた。しかし、友人を助けられなかった自分を責めながら、やられたのは自分だったかもしれない、との恐怖心がいつまでも残った。じっさいこういう性被害は常態化しており百人のうち九十九人は泣き寝入りしている……。

「こういう屈辱的被害のこと、本土の人は知らないわよねぇ」

その両眼に湛えられた強い光に圧され、うつむいてしまった克二は、自分たちに突きつけられているものの深刻さをほんの少しだが感じ取ったのだった。そしてそんなことが頻発するのは、人を人と見なさず殺すよう訓練を受けている軍隊が住民のすぐ横で寝起きしているせいだろうと想像した。

「そういう事件はさ、軍隊の駐《とど》まる所には必ずあり、じゃないのかな」

克二が言うと、加那子は、首をゆっくり左右に振りながら「やっぱり男にとっては他人事なのね」とひっそりした声で言うのだった。

「相手はわたしより何倍も大きい男だったのよ。力ではかないっこない。追われた時、ほんと恐かったのよ。友人はその後、学校に来なくなったし、わたしは男性恐怖症みたいになってしまって……、男に襲われる夢を見るようになったの。こんなふうだと、どうなるのかなあ。恋しても愛せない気がするんだ……」

聞いているうちに克二は妙な気分になってきた。

――今、何の話をしてたんだっけ。なぜこんな台詞を僕にぶつけてくるんだ。恋だの、愛だの、僕が彼女にそんな気持ちを伝えたことでもあるのか。そんなこと、ない、ない。彼女は、同じメディアを目指す就活の仲間であり、それ以上でも以下でもない。

そうは言っても、この日を境に克二の彼女を見る目が微妙に変わったのは確かだ。うぬぼれかもしれないが、「加那子は僕のことを好きなのかもしれない」と思ったのだ。

そして調子はずれなあの日が来る。ちょうどエアコンが故障しており、うだるような暑さのなか、エントリーシートの書き込みをし、面接用の文言をしぼり出すべくパソコンと格闘しているうちに一種の思考停止状態に陥った。一行も前へ進めない。なぜメディアを目指し、その新聞社に入りたいのか、説得力ある言葉が出てこない。そのうちに夜になった。何か腹に入れなくては、と冷蔵庫をあけると、見事に空っぽ。頭冷やしにそこらをちょっと散歩してその後〈石垣亭〉にでも行くか、と外に出た。少し歩いたところで、いやに明るいと思って見上げると、空に丸い月が出ていた。しばらくそれを眺め、ゆっくり視線を路地の向こうに移した時だった。背筋をぴんと伸ばし早足で歩いてくる加那子の姿が目に入った。その夜はいつもと違ってノースリーブのワンピース姿だ。胸がドキッとした。

加那子の方もこちらに気づき、ちょっとはにかんだ表情を浮かべ近寄ってきた。

「こんな時間まで、バイトだったの？」と話しかけると、「そう、〈うた甕《かめ》〉っていう沖縄料理店で民謡を歌ってるの、時々だけど」と答える。

克二が空の月を仰ぎながら、八重山民謡には月を歌ったものが多いよね、と言うと、そうなのよ、とうなずく。

「だって、島で見る月はとってもきれいだもん。ここで見るこんなぼんやりした色とはぜーんぜん違うんだから」

そう自慢する彼女は薄く化粧しておりいつもよりきれいに見える。そしてやはりいつもよりしっとりした声でつぶやくのだ。

「そう……おじいが夜のライブでよく歌うものには、月ぬ真昼間節《ちきまぶいろーまぶし》や月ぬ夜節《ゆ》、があるし……月の山の端《ふわ》にかかる迄《までぃん》も、というフレーズの入ったものもあるわ。そしてそのほとんどが熱烈に人を恋うる歌なのね。でも、わたしはそんなのは歌いたくない。わらべうたの方が性に合ってるの」

そう言って、やっと聞こえるほどの声で歌い出した。

——月《ちき》ぬ美《かい》しゃ　十日三日《とうかみいか》　女童美《みやらびかい》しゃ　十七《とうななつ》　ホーイチョーガー……

ふと気がつくと、加那子の目がうるみ、今にも泣き出しそうな表情をしている。克二は女性の涙には冷静ではいられないところがある。思わず駆け寄り、どうしたの、と声をかけつつその肩に腕を回した、のだった。

その時の彼女の反応たるや、思い出しただけで、また腕のあたりに痛みが走る。

「何するのよ」

鋭い声が走り、腕が払いのけられたと思うと突きの一撃がきた。とっさのことで、何が起こったのかわからない。腹と腕がしびれたようになり、ずきずきする。

「ひどいよ。僕が何をしたって言うんだよ」

口をとがらせると、さすがにすまなそうに言う。

「ごめん。男の人に体をちょっとでも触られると、恐い、って反応してしまうの」

「えらくシャイなんだな。そんなふうには見えないけど」

克二がさらに言うと、加那子はゆっくり頭を振る。

「そんなんじゃない。前に言ったことあるでしょ。米兵に追われたあの事件以来なの。古川さんてさぁ、ぎらぎらしてなくて、女子が男装してる感じなのにねぇ。ほんと、ごめん」

そう言ってはにかむ表情がとろっとした月光の下で謎めいて目に映る。そういうことか。よくはわからないが、つまり警戒されたってことだ。

「どうして、わたしって……ほんとごめん」

何度も謝るので言ってやった。

「いや、こっちこそ、なんだか、ごめん。僕はどうせ田舎出の凡庸なダメ男だもんね。弱気で、いつもステップを踏み外すのを恐れている……。そのくせ好奇心だけは強くって」

へりくだってそうは言ってみても、こちらにとってはあまり気持ちのいい仕打ちではない。以後、彼女には近寄らないことに決めた。〈石垣亭〉にも足を向けないことにした。偶然、道で出会ったら、脇へよけて、挨拶もするまい、とも思った。ところが複雑な内面を持つ彼女と沖縄のことを考えることはむしろ増えた。

その巨体の米兵に追いかけられた時の心の傷は、男の克二が想像できないくらいに深かったのだろう、おそらく。沖縄の女性の言うに言えない苦しみがうっすらとだがわかった気がした。つまり克二はこれまで沖縄の基地被害についてほとんど理解していなかったと言える……。

それに、足を向けまいと思ってはいても、なにせ〈石垣亭〉は克二の住むアパートの真ん前にある。コンビニの握り飯とインスタントみそ汁の食事が続き、あの圧倒的声の質の歌が漏れ聞こえてくると、もう誘い込まれるように中に入らずにはいられなかった。それは秋の気配がかなり濃くなったやはり月の丸い夜だった。なぜかのれんは出ていなかったが、灯りは中から漏れていた。開き戸を少し開けると、おかみはおらず、白髪の老人がテーブル席で三線を手に歌っていた。くだけた開襟シャツにジーパン姿だ。

この人が初めて相対するおじいだった。

克二に気づくと、歌い止め、せっかくですが、今夜は賄い方に用事ができて、臨時休業です、申し訳ありません、と頭を下げる。

なるほど、それで留守番をしながらおじいがここで歌っていたわけだ。

「おじさんの歌にいつも聞きほれてます。高音に駆け上る時の滑らかさがたまりません」

克二が言うと、「ほう。若いのに、古めかしいわたしの島うたをわかってくれるんですね」おじいの皺の寄った顔がゆるみ、せっかくだからお茶でも飲んでいってくれ、ということになった。そしてなぜ自分が八重山の島うたを歌うようになったかを聞かせてもらうことになったのだった。

「それはね、わたしの祖父母や両親が農作業や布織りをしながらいつも歌っていたからですよ」とおじいは言う。

いつも人手が足りなかったので、夏にはパイナップル、冬にはさとうきびの収穫を幼い頃から手伝わされていたが、父母らとともに歌いながらやると疲れを忘れ、あっという間に片付くのに気づいた。ひとつは、南国の強烈な暑さの中で作業するには、大声で歌い自分を励ましつつでないとやっていけない面もあった。

ここでおじいはこちらの顔をまっすぐに見据えて問うてきた。

「ところで、あなたは歌が何の役に立つとお思いですか？　コロナ禍でここ三年あまり、ライブハウスは悪者扱いで、音楽も、不要不急のもの、とされていますよね。私も歌者の端くれですから、お呼びがまったくかからないのは寂しいことです。耐えて……耐えていますがね」

これに対し克二は答えた。

「僕は音楽を不要不急だなどと思ってはいません。家の居間にはピアノがあって、母はそれで音を取りながら、童謡や世界の民謡を毎日歌っていましたし、僕も高校時代はコーラス部でした。コロナの世の中になって、あなたのライブをこの店で聞き、歌の力、声そのものの力を改めて実感しています」

「そうでしたか。ありがとう。しかし」

おじいは三線をテンテンと鳴らしながら嘆きの色を滲ませてつぶやくのだった。

――わたしは五十年歌ってきました。でも世は少しも良くはならなかった。それどころか、今は戦前のようじゃありませんか。歌に戦争を止める力はありません。やっぱり不要不急じゃないか、と最近は悩みつつ歌っています。

はあ、でも……と言ったまま克二は言葉が出てこない。加那子がここにいたらどんな言葉を発するだろうか。二階への階段のあたりにそれとなく目を泳がせていると、察したのだろう、おじいは言う。

「ああ、あの娘ですか。今、石垣島ですよ。こういう世ですから、じっとしておれないそうです。その後は本島に飛んであちこち見て回りたいと申してました。なんでも、記者になるために今の沖縄をいろいろ自分の目で見ておきたいんだそうで。おそらく自ら心を奮い起たせての計画でしょう。預金をはたいて持たせましたよ。しばらく帰って来ないでしょう」

そして一呼吸置いてこうも言うのだった。

「あの娘は突っ張って明るくふるまってますがね、心に葛藤を抱えているんです。性愛は食欲とともにヒトが生きるのに大切なものですが、米兵のために厭わしいものと歪められてしまって……」

こんなことを言うところをみると、おじいは加那子の心の傷のことを知っているのだろう。そうか。彼女は今、石垣島か。おそらく自衛隊の島にされようとしている郷里の今を見ておきたいのだろう。そういう彼女に比べ、克二は、自分がいまひとつ主体性がないというか依って立つ芯が無いような気がしてくる。

——僕はほんと何のため記者になりたいのか。

報道記者になるのは少年の頃からの夢ではあった。それで大学に入ると、短期間の在宅勤務だったが、新聞社のアルバイトをしたし、この春からはオンラインやリアルでの会社説明会に参加し、夏には三日間のインターンシップに応募した。「ワード」でコロナ関係の記事を書かされたりもしたが、それは電話取材によるもので、きわめて燃焼度の低い体験だった。

思えば石垣島と同じように克二の郷里でも見過ごせないことが起こっているのだ。もう八年も前になるが当時の安倍政権が、佐賀空港に陸自のオスプレイを配備したいと突如要請してきた。有明海漁協を始め地元住民は当然猛反対した。だが、四年前に知事が認め、つい最近、漁協もそれに従ったとのニュースが流れた。

そのオスプレイ、ヘリのように垂直離着陸したり飛行機のように水平飛行できる輸送機だというが、とかく墜落事故が多いことはあまりにも有名だ。そんなもの、絶対に来てほしくないと克二も思っている。漁協の組合員の一人である父はどんな態度をとっているのだろうか。じつはその父には頼みごともしているのだが、何の返事もないのも気になる。

何とかもう少し仕送りを増やしてもらえないかと、電話ではなんだと思い、いろいろ出費がかかることを並べた長ったらしい手紙を書いて……、もうひと月になるが、まだ返事もなく、金も送って来ない。そのせいで、寒い冬がそこまで来ているのにエアコンは壊れたままだ。加那子の行動力に触発されたかたちだが、克二もここらで郷里に帰り、自分を見つめ直したい気持ちになってきた。

急に考え込んでしまった克二におじいが言う。

「さあて、あなたのために歌いたくなりましたよ。〈加那ヨー節〉といきますかな」

すぐに三線のテンテンという拍子に合わせておじいの地声が耳に届く。「加那ヨー」「ヨー加那ヨー」というフレーズが頻繁に繰り返されるあけすけな恋の歌である。いやでも克二は加那子その人の強い目の光を思い出し、身の置き所がない気がしてくるのだった。

二

我に返ると、羽田を発って二時間足らず、克二の乗った全日空機は有明海の海辺にある佐賀空港に着陸の準備を始めていた。

空港を出て広々とした佐賀平野を見渡しながら思う。――ここを軍用機オスプレイが飛び交うなんて絶対にあってほしくない。

この空港には、羽田と成田の国内線のほか、国際線でも、中国路線が上海と西安、韓国がソウル、台湾が台北と、計四路線が就航している。アジアの人たちと活発に交流し、平和外交の玄関口であってほしいと願わずにはいられない。

空港から車で十五分も走れば家に着く。

玄関のガラス戸を開けると、男物の、父のではない大きな靴があった。今、帰ったよ、と言いながら居間に入っていくと、叔父の木戸弘《きどひろし》が来ており、掘りごたつのテーブルについて茶を飲んでいた。「よっ、久しぶり」いつものしかつめ顔をこちらに向けてうなずく。

流し台で魚をさばいていた母が振り返り、いつもの笑顔で言う。

「あら、もう着いたとね。慌ただしいばかりでね、迎えにも行ききらんでごめん。でも、弘さんのおかげで、きょうの昼はごちそうよ。ほら、めったに釣れないイシダイにキジハタよ。磯釣りに行ったんだって」

すごさ。どこに行ったとね、と訊くと、玄界の岩場の多い島に渡ったのだと言う。

そしたら、そこへ猛禽のミサゴが飛来し、すぐ近くの海上で、やにわにホバリングを始めたかと思うと、急降下、海中にダイビングしてあっという間にでっかい魚をゲットした。それを両足で摑み、ゆうゆうと頂の方へ飛んで行くのを見て、やにわにミサゴの英名オスプレイに名を借りた軍用機のことが心配になってきた。

あれほど根強い反対の声があるのに、なぜ有明海漁協は自衛隊との空港共用を認めてしまったのか。義兄さんから事情を聞こうと思い急遽こちらに足を向けたのだそうだ。

それを聞いて克二はなるほどとうなずいた。佐世保に勤務する民放の記者で、正義感が強く、豪放磊落、しかもおしゃれでかっこよい叔父を、子どもの頃から克二は敬愛していた。報道の仕事をしたいと思うようになったのもひとつはこの叔父の影響がある。しかし民放について彼はこうも言っていた。「何秒かのコマーシャルを何万円かで売るヤクザな企業だよ。報道は飾りにすぎない。本気で記者の仕事をしたいのなら、新聞社を目指しなよ」そう言われて大手の新聞社に入る就活を始めているのだが、どうなることか。

克二はゆっくりかぶりをふりつつ言った。

「オスプレイの件ではさ、僕も気にはなってたけど、就活に追われてて……で、父さんは今、海かな」

あたりを見回しつつ母の後ろ姿に訊く。母は首だけこちらに向けて答える。

「組合長と知事にさ、抗議するちゅうて今朝から出かけたよ。その後は、オスプレイ来るな、の市民集会で訴えるって。ほら、ちょうど父さんがテレビに映っとるよ」

なるほど、部屋の隅に置かれた小さなテレビには父の角ばった赤ら顔が大写しになっている。

「ほう。義兄さん、やりよるたい」

叔父はリモコンで音量を上げた。インタビューに答えている父のがらがら声が耳に届く。

「……自衛隊が来て、駐屯地ができれば、排水とかの海の汚染で、ノリ養殖に必ずよくない影響が出ます。量質ともに日本一のノリが育たなくなります。ノリ漁師が一番忙しく、手が離せない時にですよ、幹部だけ集まって受け入れを決めてしもうたとです。わたしは漁民の一人として納得してません」

ここでぱっと画面は変わり、受け入れ推進を力説する知事の顔がクローズアップされた。すると叔父は、こんどは音量をほとんど聞こえないほどに下げて「このまま言いなりになってると、わが佐賀平野は、将来、恐ろしいことになるぞ」と一言一言、噛んで含めるような調子で言うのだった。

――このオスプレイの配備は、日本版海兵隊である水陸機動団の輸送が主な目的だ。今やアメリカは日本列島全体を自国の戦争の足場にしようとしているのだから、最適の飛行場だと現政権が狙う佐賀平野は将来、それこそ一大軍事基地にされてしまうかもしれない。

「えっ、そがんことになっとね」

目を丸くした母が炊事の手を止めて振り向く。

「そしたら米作りができんごとなるたい。ここは大昔からの米どころとに」

エプロンで手をふきつつテーブルにつくと、気が気でないように言う。

――この佐賀平野を戦争のための基地にするなんてとんでもない。生まれ育った実家は有明海に注ぐ江湖《えご》、八田江の畔りにあったが、それは稲作のかんがい用水として何百年も前に大昔の人たちが造ってくれたものだ。軍事基地なんかになったら、それこそ大切な水が汚れるだろうしこれまでどおり安全な米が作れなくなる。子孫のためにもこの豊かな米どころを守りたい。

「オスプレイなんて、絶対、来てもらいとうなかよ。どがんしたらよかとね」

母の思案顔に叔父はあっさりこう答える。

「諦めず反対していくしかなかさ」

「そうは言ってもねぇ」

つぶやきつつ母が流し場に戻ると叔父はこちらに顔を向けて「ところで、克二くん、メディア関係ば目指すて言いよったが、どがんふうね」と問う。

「二、三社アタックしとるばってん、何とも言うて来ん」克二が浮かぬ顔で答えると、「そうか。ま、やるだけやってみるさ。俺も若い頃はさ、権力批判をするのがマスメディアの役割と信じてたからね。張り切って飛び込んだ世界だけどよ」

と愚痴っぽい調子で語り出す。

――今じゃ記者ってのは、体制の中で泳がされる程よいうるさ型にすぎないのじゃないかと自嘲しているありさまだ。何年か前、キー局の骨のあるキャスターたちが次々に降ろされたのでもわかるように、常に表現には中立とかが求められ、国策に反する記事は書きにくい状況だ。書いてもデスクがチェックを入れる。

叔父の話に、克二がうなずいたり考え込んだりしている時だった。がらがらと玄関の戸の開く音がした。父が帰ってきたのだ。

渋い顔で入ってきた父を「これから大ごとやね。体ば壊さんごとしいやい」と叔父がねぎらう。克二に気づいていないかのようにこちらを見ないままテーブルの下に足を突っ込んだ父は「ほんなこて、何ば考えとっとやろか。知事に丸め込まれて情けなか、あの組合長も」と言うと舌打ちする。

「ここにそがん基地ができたらどうなる？　海の汚れて、ノリ漁の続けらるっもんか。こりゃ、子や孫の代に関わる死活問題ぞ」

父が声を荒げてののしるのを聞いていた叔父は淡々とした口調で言うのだった。

「そういうこと。だけど義兄さん、漁協の手続き上のこともだけどさ、大本《おおもと》がやろうとしてるたくらみにこそ目ば光らせとかんばよ。これはさる筋から得た話だけど」

と、ここで叔父が口にした情報は克二も初めて聞くとんでもない大がかりなものだった。

――それによると、当初、防衛省は三十何ヘクタールかの用地を求めていたのに、後から何と三倍の九十何ヘクタールかの買収もちらつかせているそうだ。配備されるのもオスプレイ十何機だけじゃなく五十機のヘリの移設がもくろまれているし、それだけではすまない可能性が高い。安倍政権の時、彼は、佐賀空港への米軍の訓練移転に言及し、実際に米軍のオスプレイがデモフライトを実施した。とにかくいったん軍事面での共用を認めると、どこまで基地機能を広げてくるかわからない。気づいた時は佐賀平野全体が軍事基地にされている可能性だってないことはない。

「そこで、義兄さん、土地の方、大丈夫やろね。露骨に金の力ば見せつけて買収してくるやろばってん、餌に飛びつかんごとせんばよ」

叔父のぶしつけな言いぐさに腹も立てず、父は穏やかな表情でうなずく。

「わかっとるよ。自衛隊が来れば必ず米軍も来るやろ。さっきの市民集会でも皆、心配しよった。日米合同演習の場にもされるだろうし、いざという時は相手国に真っ先に狙われる、とな。そんなことになってたまるか。わずかばかりの土地だが、命がけで守るさ」

父がそう言い切った時だった。

克二のスマホから通知音がした。ブルゾンのポケットから取り出し、見ると、加那子からのメールだった。〈今、何してる？〉とある。〈上原さんこそ何してる？　今、どこ？〉と返す。〈石垣島よ、おばあのとこ〉〈僕は佐賀平野だよ。ずいぶん久しぶりだね〉ここでメールを打つのがもどかしくなり、立ち上がると、縁側に出て、電話に切り換えた。

三

「ほんと久しぶり」と加那子は言う。「で、古川さん、おじいと喋ったんだって？　この頃めずらしい一本気な青年だって褒めてたよ」

「へえ。一本気なんて、そんなに喋っとらんのに、どうしてわかったんだろ」

「それはね、おじいの歌の良さのわかる人は皆、一本気で良い人なの。そういうこと。そしてね、若いのに、とてもやつれて、つらそうなのが気にかかったって。これはさ、古川さん、色白で痩せてるから、悩みがあるように見えたのかもね」

　ここで加那子はくすくす笑う。

「それでさ、おじい、勘違いしてるのよ。古川さんとわたしはラブラブの仲だって。わたし、そんなんじゃないって否定したけどさぁ」

「ええっ、そうなの？　すぐに顔、赤くなるし、誤解されたのかな。おじさんの歌、すぐ耳の横で聞いて体がむやみと熱くなったのは事実だけど」

「じゃ、そういうことにしとこぅ。わたしってさぁ、〈うた甕〉でも、寄ってくる男がいると、ことごとく肘鉄食わせてるもんね。だからおじい心配してるの。コロナ禍で、ソーシャルディスタンスのつもりかもしれんが、ちと厳し過ぎるぞって」

　ここで加那子はちょっと言葉を途切らせる。そして改まった口調で言う。

「メールしたのはね、じつは、わたし、さる通信社から内定の連絡来たんだ。でもさぁ、まだ本採用ってわけじゃないし……で、古川さんの方はどうなの？　何か言ってきた？」

「いや、ぜーんぜん。それでがっくりきて、このあとどうしよっかと迷ってるところ」

「そっかぁ。それで今、佐賀で充電中ってわけか。めげずに挑戦し続けてほしいな。気分転換を上手に取り入れてさぁ。そうそう。気がめいりそうな時、わたしは歌うのよ。おじい仕込みのかん高い地声でね。それに空手の型をやるの。これって一人で演れるし、精神力を鍛えるのにぴったりだから」

聞きながら克二は、なるほどとうなずく。空手をやっていたから、それであの夜のパンチは効いたのだ。また苦いものがこみあげてくる。

「昨夜も丸っこい月が出ててさ、あの夜、上原さんがわらべうたを歌っていたのを思い出してたよ」そう言うと加那子は「あーっ」と声を上げた。そしてすまなさそうに言うのだった。

——あの歌には、東から上る大きなお月さんは差別なくすべてを明るく照らしてくれる、というくだりがある。そこまでくると、八重山が、沖縄が、女たちが、不当に受けてきたいろんな差別や不平等のことが思われ溢れ出てくるものがあって……。

それを聞いて、ようやくあの夜道でのことが納得できた気がした。確かに沖縄は本土と比べて、多くの米軍基地を押しつけられている。また八重山は王朝時代に不当な人頭税で苦しめられた歴史があるという。基地が身近にあるゆえに沖縄の女性が受けてきた屈辱のことも彼女のおかげで少しは思いが及ぶようになった。克二は言った。

「近頃僕もさ、自分があまりにも沖縄のことを知らなかったって、恥ずかしく思ってるよ。沖縄っていえば、青い空とエメラルド・グリーンの海でイメージしてただけだもんね。だけど、上原さんと出会って初めて、沖縄が顔と名前がある所になったよ。これからもいろいろ聞かせてよ、沖縄のことをさ」

「そう言ってくれると嬉しいよ。ほんとに……」

しばらくの間があった。次の言葉を探していると、何やら声高な話し声やうなるような歌声が受話器に入ってくる。耳をすますと、やはりあの「ユバナウレ」という囃しことばが聞き取れる。

「上原さんのいる所、賑やかそうだね。この歌、〈石垣亭〉のおじさんがよく歌ってたよね」

克二が言うと、「あら、古川さん、耳がいいねぇ」と加那子ははしゃいだ声を上げる。

彼女が言うには、この日は、八重山民謡を歌おう会、の例会がおばあの部屋であり、十人ばかりの年寄りが集まっている。加那子も加わって歌ったり踊ったりしたのだが、その後、一品ずつ持ち寄った料理で昼食をしながら今の世についての雑談になった。

いつもは子や孫の話で花が咲くのだが、この日の皆の関心は、与那国島、宮古島についでこの石垣島に配備されようとしている陸上自衛隊のミサイル基地のことだった。これまで石垣島には軍事基地がなかったのに、そんなものが作られれば、事が起こった時にこんな小さな島で、住民は逃げる所がない。あの沖縄戦の時のようにまさかこの島も地上戦になったりはしないだろうか。皆、心配を口にし、「命を守るおじいおばあの会」を作ろうとか、つえをついてでも、基地反対のスタンディングをして〈とぅばらーま〉を歌いながら抗議しようなどと、活発な意見が次々出るうちにお開きの時間になった。今は、加那子のひいじいが、得意のユンタ、作業うたを歌いつつ皆を送り出しているところだと言う。

加那子の華やいだ早口の声が途切れると、またまわりのざわざわした様子が伝わってくる。

「ユバナウレ」というフレーズが飛び交っており、加那子もそれに応えるように「ユバナウレー」と元気な声を発する。

「ユバナウレーか。いい響きだな」

克二が言うと、加那子は「でしょ。この集まりではお開きの時、日本語の『じゃあ、またね』の意味合いで使ってるみたい。平和な明日を願って掛け合う言葉になってるのね」と答える。

「そうか。いいねぇ」

「じゃ、きょうはわたしもこの八重山ことばでお別れしよっかな」

加那子が電話を切りそうだったので「あ、待ってよ。上原さん、いつまでそっちにいるの」急き込んで訊く。

すると、「わたし？　わからないよ。だってぇ」とあれこれ並べ立てる。

地元では、若いお母さんや青年たちも反対のための行動に立ち上がっている。その人たちの生の声を聞きたいし、二十年以上続いている辺野古《へのこ》の新基地反対運動の現場にも飛んで行きたい。そしてこちらの新聞社で働いているOB訪問もしたいし……。なるほど、加那子は帰郷した沖縄で次から次にやりたいことが出てきているようだ。

「わかった。じゃ、上原さんの〈沖縄だより〉待ってるよ。時々でいいからさ」と言うと、「気が向いたらね。ユバナウレー」歌うようなそのフレーズとともに電話は切れた。

居間に戻ると、テーブルには刺身や魚の煮つけが並び遅い昼食の準備が整っていたが、叔父はいなかった。社から急な取材の指示がきてせっかくのごちそうに箸もつけずに出ていったそうだ。

「あいつ、この俺に向かって言いたい放題、吹いていきやがった。『義兄さん、今は、また再びの戦前ですよ。ここがそんな部隊の基地になってもいいんですか？　宝の海、恵みの里を何としても守り抜いて下さいよ』そう繰り返し言いやがったが、そんなこた分かっとる。つい大声で言い返したさ。俺は死ぬ気でやるつもりでおるんだ。これ以上、どうしろと言うんだ。こんな保守的な所じゃ、いろいろまといついてくるものもあるとぞ。こう言っちゃなんだが、お前はいつも言うだけだな、ってな」

父の顔はこわばり目には苦渋の色が滲んでいる。母がすっきりしないような表情で言う。

「言うだけったって……弘さんは仕事でがんじがらめなんですよ。休みの日まで待機の状態で、いつ社から呼び出しがくるかわからない。今のところタフだから勤まってるけど……克二、あんたも記者になりたいって言いよったねえ」

母が心配そうにこっちを見る。父は初めて克二の存在に気づいたように目をしばたたかせると、「ま、元気そうで何よりじゃっか」

と言って、じわじわと顔をほころばせる。そして克二のコップにビールを注いでくれながら元のこわばった表情に戻って言う。

「こういう状況でな。土地はもう売りとうなかし、ノリの品質もかんばしゅうなか。言っとくが、仕送りの値上げは無理ぞ。就活とかはそがん金のかかるとか？どがんことばしよっとか？」

克二は、ぼそぼそした声で答える。

とかくジャーナリストを目指すには読まなければならない書籍が数十冊はあるし、時事問題に備えるため新聞も数紙は購読したい。そして学ぶ時間確保のためスーパーのレジ打ちとかのアルバイトは当分控えたい。

ここまで喋ったところで口をつぐむ。

今ひとつ能力に自信のない自分がまた頭をもたげてきたからだ。目当ての新聞社が出している過去の連載記事に目を通しても、それを読んでこう感じた、と語れるしっかりした自分がまだできていないようだし、この時期になって自分探しを始めるようでは、いざ面接となった時、一貫性のあるまとまったものを熱意を持って表現できないだろうとも思っている。

黙り込んでしまった克二に母が慰めるように言う。

「焦んなさんな。弘もさっき言いよったよ。今の報道記者はとにかく監視されているから窮屈でたまらん。克二も実情をよく知った上で進路を決めろって。とにかく職業に貴賤はなかとやけんね。食べるとに困らん仕事なら何でもよかたい」

「何でもよかて。自衛隊でもよかて言うとか？」

父が気色ばむ。

「弘も言いよったやっか。これからの自衛隊はだな、アメリカの仕掛ける戦争で矢面に立たされるとぞ。もう逃げられなくなっとるんだ」

「まあ。恐ろしか……」

母は、顔をしかめる。しかしすぐにいつもの柔らかい表情に戻って言う。

「ま、就職のこともばってん、卒業証書だけはちゃんともらえるごと勉強しとかんばよ。留年してでもさ」

「留年だと？　またいらんことを言う。その時は仕送りはせんぞ。何度も言うが、土地はもう絶対に売らんのだから」

力をこめて言う父の眉間にしわが寄っている。

「大丈夫だよ。留年なんかせん。心配せんちゃよか」

きっぱりとそう言ってこの話題を打ち切った。

「さ、克二も父さんも、しっかりせんば時たい。栄養つけて力ばつけとかんばね。遅うなったばってん食べよう」

母が山盛りによそってくれた飯を口にしつつ「やっぱり佐賀ん米は旨かぁ」と克二が声をあげ、「当《あ》ったり前よ。空気も水もきれいかとやもん」と父が相づちを打ち、それで、仕送りの値上げの件はいったん棚上げのかたちになった。

そして食後に聞いた父の話から、これ以上は甘えられない事情も理解できた。父は、有明海を守るために空港を作らせまい、と抵抗した曾祖父や祖父のことを語ってくれたのだ。

それによると、そもそも佐賀空港は、有明海の豊かな漁場を奪われたその犠牲でできたものだった。空港を作る計画が持ちあがって以来ずっと漁民、住民は三十年にわたって反対してきた。その間に二度、計画を撤回させた。しかしとうとう一九九八年に開港したという経過がある。ただし開港するにあたって、有明海沿岸の八漁協が苦渋の中で提案したのが、佐賀市長と町長を立会人とし、県との「公害防止協定」を結ぶことだった。そこには「自衛隊との共用はしない」と明記してあり、それこそ空港存立の条件であり、未来を賭ける重い約束だった。それを今の為政者は、組合長たった一人の署名しかない「協定見直し書」で反古にしようとしている。空港を戦争のために絶対使わせてはならない。それが先人たちの願いであり自分はそれを裏切らない言動をずっとしていくつもりでいる。

父のきっぱりした決意の言葉は頼もしく、先祖への感謝の気持ちも話を聞いたことで深まった。しかし克二の当面のこと、仕送りの値上げの件はそれっきりになったかに思えた。

けれども、その夜遅く、母が「父さんには言わんでよかけんね」と言って茶色のよれよれの封筒をそっと手渡してくれたのにはじいんときた。

これで就活に集中できる。

克二は座り直して頭を下げ、それをありがたく受け取ったのだった。

四

次の日は一日、母の側でごろごろして過ごし、二日目の一番機で東京に戻ることにした。

佐賀空港に着くと、コロナ禍とあって国際線がすべて運休しているせいかひっそりしており、客のいないみやげ物品売場の商品が山と積まれているだけにわびしく感じられる。羽田行きの便も平日のせいかがら空きだった。窓側の席に着き、眼下を見下ろすと、有明海には、種付けがもう済んだのだろうか。赤や緑の色鮮やかなノリ網が海面を彩っている。あちこちに浮かぶノリ船にはけし粒のような人影も見える。まさか将来、よく墜落するオスプレイがあの船の上に落下するなんてことがないと言えるだろうか。ぞっとして目をそらす。そこに広がる佐賀平野を俯瞰していると、いやでもその広さ、豊かさを再認識させられる。

祈りのような囃しことば「ユバナウレー」がまたどこからともなく聞こえてくる。この言葉はもともと、穀穂よ豊かに実れ、の意味だと加那子が教えてくれた。克二はこのフレーズを眼下の水田地帯に向けて発したかった。それはきのう母が郷里の米づくりの歴史を熱っぽく語ってくれたせいかもしれない。

それによると佐賀は昔から海山の幸に恵まれ、だから「栄《さか》の国」と呼ばれていたそうだ。

まず日本の稲作はこの地に起こった。そして、ここ佐賀平野の米作りは「クリーク農業」といわれる独特なもので、網の目のように張りめぐらされた用排水路は肥料の供給ばかりか生活用に使われ、淡水魚介の漁場でもあった。だから絶対に汚されては困るのだ。また、佐賀平野の前の海、有明海は潮汐の干満差が日本一で、干潮時には広大な干潟が広がり、現在は量、質ともに日本一のノリの産地でもある。だからこんなに豊かな栄の里を軍用機が飛び交う軍事基地にはしてほしくない……。

母の語りと願いを聞きながら克二は深くうなずいていた。

最近就活用に取り寄せた書籍によると、日本の食糧自給率は恐ろしいほど低く驚いたばかりだ。為政者は軍事拡大でなく、もっと農漁業政策にこそ力を入れてほしい。なぜなら、どれだけ立派な隊舎や弾薬庫ができ、兵器、兵員が揃っても食料が自給できなければ人々は飢えることになるではないか。

そんなことをうつうつと考えているうちに全日空機は羽田に着いた。

アパートの部屋に戻ると、わずか二日間いなかっただけなのに、注文していた書籍や新聞がどっさり届いていた。包装を解き、その中から「二〇五〇年のメディア」を選び出し、ページをめくってみる。他の媒体ではなくなぜ新聞社にこだわるのか、自分の意志が固まっていない気がして取り寄せたのだったが、「紙かデジタルか」「技術革新かスクープか」などの文字が並び、すんなりとは頭に入りそうにない。

書籍を袖机に積み重ね、この日の新聞をキッチンテーブルに広げた時だった。

スマホの通知音がした。加那子からだ。

〈さっそく沖縄だよりだよ。こっちは超大変なんだから〉とある。やはり直接声が聞きたかったのですぐ電話に切り換えた。「何があったの？」と訊く。加那子はいつになく急き込んだ調子で答える。

「古川さん、知ってるよね。今、台湾有事を想定した日米合同演習がこっちで始まってるってこと」

「うん。そりゃあ」と克二は答える。

その計画については昨年暮れ、各紙が一面トップで報じていた。

「その演習がさぁ、とにかく実戦さながらなのよ」と彼女は言う。

地元紙によると、台湾のすぐ横にある与那国島では自衛隊のものものしい戦闘車が生活道路をわがもの顔に走って住民に恐怖心を抱かせたし、本島南部の分屯地では演習を撮っていた写真記者が近寄ってきた自衛官に取材を制止され、データを消すよう求められることも起こった。

「えっ、それって、取材妨害っぽいけど、その人、社の腕章とか着けてたのかな」

克二はそのことについてはもっとくわしく聞きたかった。

「もちろん」と加那子は答える。

その記者はきちんと腕章を着けていたし、現場から二十メートル離れた民間地から撮影していた。また、道路に飛び出すとかもしていない。だから、なぜ取材できないのか、どんな法律にひっかかるのか、とその記者は抗議した。すると、自衛官は「法律にひっかかるとかじゃなくてぇ、マジ危《あぶ》ないっす。なるべくお互い良い関係でいたいっしょ」とかなんとかわけのわからないことを言って、なおもデータの消去を迫ったという。

「それって、やっぱり国民の知る権利を侵すってケースじゃないの。そりゃあ、実戦さながらだったら危《あや》うくはあるだろうけどさ。だからこそ取材するわけだよね、記者は」

克二が言うと、「だよね」と加那子は興奮しているのか上ずった声で続ける。

「こんなことをほっとけばさぁ、報道する自由がどんどん奪われていくよねぇ。それに民間の空港や県道が軍事使用されるのを黙って見てちゃいけないと思う」

とにかくその演習はいつ戦争が起きてもおかしくないような光景を作り出しているので、父方の曾祖母《ひいばぁ》などあの沖縄戦と重なって身の毛がよだつと震えている。逃げる所はないし、また住民は巻き込まれることになるのではないか、と。

「でね、わたし、また取材したいことが増えたの。今のうちに沖縄戦のこと、ひいばあから聞いときたいし」

「うん。その気持ち、わかるよ」と克二はうなずいた。そして思った。なぜ本土のメディアは、そういう沖縄の状況や住民の不安を報道しないのだろうか。沖縄は日本だし、そこで起こっていることは、いつ本土に及ぶかもしれないのに、だ。もしも郷里の佐賀平野を自衛隊の戦闘車が走ったり、基地を取材する叔父が自衛官に取材妨害されたりしたら、と想像しただけで拒否反応に捉われる。

「古川さん、急に黙って、どうしたの？」

加那子が問う。

「うん。沖縄のこと、本土のメディアはさ、あんまり報道しないな、と思って」

「それ、あるかも……。あ、そうそう、就活のことだけどさぁ」いつもの歌うような調子に戻って言う。

「いろいろ迷うんだけどぅ、何かアイデンティティーが目覚めてくるのよねぇ、こっちにいるとぅ」

それで、地元の新聞社が開く、Ｕターン学生向けの企業説明会に参加することにしたと言う。

「へえ。てことは、沖縄で就職するの？」

東京で内定をもらっているのに、そっちの方はどうするつもりだろうか、と思って訊くと、加那子は答える。

「とにかくわたしは、政府や警察とかの発表記事をそのまま流すようなそんな記者にはなりたくないの。また戦場にされるかもしれないここに居て、ひいばあたちの願いを代弁する記者になれないかなって模索してるところなのね、今」

「大したもんだな。重い沖縄を一人で背負って報道したいってわけだな」

茶化し気味に言うと、加那子はきっぱりした口調で言ってのける。

「あら。それはそうよ。戦争の準備にまっしぐらの政権を見張り、平和な世になるようペンを執るのが記者でしょ」

彼女はいつの間に、こんな自信を身につけたのか。言葉を返せずにいると、

「じゃあね、ユバナウレー」そのフレーズとともに電話は切れた。

五

その後しばらく加那子からの〈沖縄だより〉はなかった。

このところ〈石垣亭〉に行っていないのは、母からの冷凍便で握り飯がどさっ

と届いたからだ。この手作りの味がたまらないのだ。大きさは赤ん坊の頭ほどあり、中にはひき肉やちりめんじゃこの他にゴボウやニンジン、ヒジキの煮しめに干し柿やショウガ糖まで入っている。これ一個あれば一日持つし、何より節約になった。おかげで袖机に積み上げた書籍にも、乱読ではあるが、集中してかなり目を通すことができた。しかしその中に沖縄戦のことを書いたものはなかった。遅ればせながら沖縄戦について学びたいと思い始めている克二は急に思い立ち、図書館に足を運んだ。それについて読み、知るにつれ、こんなことがあったのか、とショックを受けた。

あの太平洋戦争末期のこと、沖縄は日本で唯一、米軍が上陸し、住民を巻き込んだ想像を絶する地上戦が繰り広げられたのだ。何と県民の四人に一人が犠牲になったという。

なぜそんなことになったのか。生き残った著者はこう記している。

咎は、日本が沖縄防衛のためとして、八万人の兵士を沖縄に投入し島全体を基地にしたことにある。そして人も土地も食料もなにからなにまで供出させた上に民間人を戦闘に曝した。それで、軍隊は住民を守るどころか戦火を招くものだ、と沖縄人は身を持って学んだのだ……。

克二は思った。だから今、防衛のためとして石垣島などへの自衛隊のミサイル配備が進めば、郷里がまたあの地獄のような戦場になるかもしれない、と住民が恐れるのは当然だろう。

図書館を出ると粉雪が舞っていた。そのせいか、このままアパートに戻り、冷凍握り飯を解かすことから始める孤食には抵抗があった。足は自然に〈石垣亭〉に向かう。

この雪だし、客は少ないだろうと思いつつ開き戸をあけて驚いた。四つのテーブル席も十ばかりのカウンター席も満席で、おかみと手伝いの女性が忙しそうに立ち働いていた。いっぱいだね。出直した方がいいかな。見回しながらつぶやくと、おかみが言う。

「ちょうど加那ちゃんが戻ってるよ。二階で待ってもらってもいいけど……」

「そうなの？　だったら待ちます」

言うなり遠慮なく二階への階段を急ぎ、上った。

彼女はいた。しかし、一人ではなく丸いテーブルに並んで座った若い男と何やら楽しそうに喋っている。

――わたしは「古見浦《くんぬーらー》ゆんた」にしよっかな。八重山の女たちが強いられていた布織り労働の歌ね、これ。ユバナウレー、の囃しも入ってて、苦しみを跳ねのけるために女たちがずっと歌い継いできたっていう……。

――おぬしは相変わらず生真面目じゃのう。たまには恋の歌でも歌えよ。俺は、遊び好き踊り好きの若者の歌「山原《やまばれ》ゆんた」でいくよ。

――それって、あんたみたいな人の歌ね。三線片手に、手拭いを頭の左に花結びにしてさぁ、月夜に浮かれて遊び明かしたいっていう。

――それのどこが悪い。二度とない青春を謳歌する歌だぞ。コロナ禍で、ソーシャルディスタンスが求められる今だからこそこれを歌うんだ。

階段を上り切った所につっ立っていた克二は、驚くことはないはずなのに、胸がざわついて仕方がなかった。

この男は何者だろう。克二と同じように客の一人かもしれないが、それにしてはひどく親しそうだ。しかもこの男、まるで化粧でもしているように目鼻の濃い秀麗としか言いようのない顔立ちで、あまり品の良くない活力に溢れているように見える。

「あら、来てたの。ちょうどよかった」

克二に気づいた加那子の顔が笑顔に弾けた。

「レッスン終わったらメールしよっかなって思ってたところ」「下がいっぱいだったもんで」と言いながら入っていくと、加那子が言う。

きょうは、おじいの弟子たちが集まって発表会の予行演習をしている。ついでに皆、昼食をとっているのだが、常連さんには迷惑をかけることになったようで申し訳ない。

それで上原さん、あなたも歌うのですか、と克二が問うと、もちろんよ。「ユバナウレ」のフレーズの入ったものを歌うわ、と答え、男の方を目で示すと、この人、〈うた甕〉の板前で従兄の誰それ、と紹介した。

克二はどう自己紹介しようかと迷ったが、

「この店はびっくりするくらい、安くてうまいですね。貧しい学生にとって助かってます」と口から出るにまかせた。すると、話好きらしい男は「その、びっくりすると言えばさぁ、さっき加那ちゃんとも話していたんだけどよ、まことに今は恐ろしい世に向かっているよね」と乗ってきた。そして言う。

沖縄県民の七割もが、もうこれ以上の基地は増やさないで、と頼んでいるのにこの国のエライ人たちは辺野古の新基地作りを強行している。それどころか最近はわが八重山諸島にミサイルを置き、アメリカとともに戦争する準備にまっしぐら。しかも国民にくわしく知らせないまま何もかも閣議決定している。

「これで、民主主義の国と言えるんすかね。ヤマトは」

そう問われ、「言えないよね」と即座に克二は答える。

外見に似合わず物事を突っ込んで考えるたちらしい男は続ける。

この夏、さる教団への恨みをつのらせ、元首相をナニした男がいた。やられたのは、戦争法としか言いようのない「安保法制」を強行した何とも救いがたい政治家だったが、彼がいなくなっても金太郎飴のように次の顔が出てきてますますまっしぐらだ。それでむしゃくしゃしてどこにも持って行きようのない気持ちを師匠にぶつけた。

「こんな時に、月がきれいだの、人を恋うるだのの歌を歌っていていいんすかね。凄い速さで戦争する国に変わろうとしてるんすよ、この国は」

すると師匠は、答えにはなっていないが、こんなことを語ってくれた。

もう五十年も前になるが、自分が若い頃、同年齢の沖縄の青年がオートバイで国会議事堂正門の門扉に激突し即死するという事件があった。本土復帰したとはいえ、その後も米軍基地がそのまま残ったことに悲憤しての抗議の自殺だったと言われている。米兵に虫けらのように殺されても、日本の法律では裁けず無罪になったりする。そういう「日米地位協定」のありかたに日頃から憤りを口にしていたそうだ。

その気持ちがよくわかった。わかるだけに、言いようのない怒りと悲しみに襲われ、気が狂いそうだった。しばらく何も手につかずふぬけのようになっていたが、自分には歌があることを思い出した。三線に手を伸ばし　それで拍子を取りながら、あれこれと歌ううちに次第に平常心を取り戻していった。

その時、思った。歌があれば自分は生きていける、と。なぜなら、何百年も前から歌い継がれてきた八重山の島歌には、仕事のきつさに耐えるだけでなく、生きる歓びや豊作を願う気持ちが込められ、しなやかにしたたかに生き抜く人たちの生活が刻まれている。歌うにつれ、その人たちがどこからともなく現れ、どんなにつらい時にも生き延びる術はあるよ、と背中を押してくれる気がした。

「そりゃあ、歌に戦争を止める力はないかもしれん。だが、歌の島八重山で育ったおまえが歌わなくなった時、いよいよ戦争が始まるような気がするがなあ」

師匠はそう締めくくったが、自分は妙に納得した。ほんとに今は平和な世だからこそ、歌いたい歌を思いっきり大声で歌えるのだ。

ここで口をつぐむと男は強いまなざしをこちらに向けて問う。

「これって、間違ってないかな」

「いえ。わかる気がします」

克二が答えた時だった。階下から加那子たちを呼ぶ声がした。レッスンの順番がまわってきたらしい。階段を下りながら加那子が言う。古川さん、レッスンはすぐ終わるから待っててよ。わたしの〈沖縄だより〉、ぜひ聞いてほしいんだから。

わかった、と答え、克二も後に続く。見ると、レジ機の横の気に入りのカウンター席が空いている。そこからは少し開いた離れの突き出し窓が見え、中でのライブがよく聞こえる特等席なのだ。さっと、そこに腰を下ろし、加那子たちの歌をじっくり聞かせてもらうことにする。

すぐにその男の歌う声が聞こえてきた。おじいの野性味と違って軽快で張りのあるなかなかの美声である。続く加那子の声はいつになく情感に溢れ、しっとりしている。相変わらず言葉の意味はわからないが、どうやら男女掛け合いの恋の歌らしい。愛や恋の歌など歌いたくないと言ってたよな。ちらっと思ったが、それ以上は考えないことにする。テーブルを片付けていたおかみが寄ってきて「とぅばらーま」よ、やっぱりいいねぇ、と言う。克二はついあれこれ訊かずにはいられない。おかみも面倒がらずに教えてくれる。それによると、「とぅばらーま」は愛しい人よ、の意味で、野良仕事の帰りに労苦を癒そうと馬車に揺られながら歌われてきたものだという。自然や故郷を歌ったものも多いが、加那子たちが歌っているのは男と女の恋の掛け合いである。

やっぱりそうか。

聞いているうちにまた体のどこかが熱くなってくる。どんな心境の変化があったのか知らないが、女性の気持ちは計り難い。

それとなく克二は耳に栓をする。不思議なものでヒトはまわりの音を断ち、自分の思念に耽ることのできる存在だ。


待たせて、ごめーん。加那子の声でわれに返ると、頬を紅潮させた二人が側に立ち、奥のテーブルには三人分の席が用意されていた。客はもう他におらず、奥からはおじいのあの声が聞こえている。いつになくテンポの速い曲でやはり、ユバナウレー、の囃しが入る。

——今度は師匠が歌い出したぞ。歌が好きで好きでたまらないんだな。男が言えば、加那子が答える。そう。歌を食べて生きてる人。でもさっきはさ、突如、「とぅばらーま」をやれって言われ、めんくらったよぉ。あんたのリードで何とか最後まで行けたけど、さんざ絞られてお腹減ったぁ。さ、食べよっ。

席に着いてからも弾む二人の会話を耳にしつつ、コロナ禍で黙食が提唱されているはずだが……ま、いいか……などと思いながら克二はぎくしゃくとした手つきでスプーンと箸を動かす。

六

食後、三人はコーヒーのポットや牛乳の壺などをそれぞれ持ち二階に上った。加那子の〈沖縄だより〉を聞くためだった。

テーブルの上に土産の焼き菓子や何枚かの写真を並べ、小さなメモ帳をめくりながら「とにかくすごいおばあの話を聞いたの。わたし、目が開かされた気がしたわ」と彼女は話し出した。

その日は海が穏やかな、よく晴れた日だった。石垣空港から本島に飛ぶと、すぐにバスで辺野古に向かった。新基地反対で座り込んでいる人たちに会いたかったのだ。

キャンプ・シュワブ前に着くと、その日も何十人かが集まり座り込んでいた。資材を積んだ車が通らない時間帯には皆、冗談を言い合ったり歌ったりしてくつろいでいた。そんなひとときと、加那子は記者になったつもりで取材してみようと、誰や彼やに質問をぶつけ始めた。自分が生まれる前から続いているこの反基地運動の発端からこれまでについて、知っているようでよくはわかっていないからだった。何人目かに当たった時、「そのことだったら、わたしよりあの人に訊けばいいよ。この地域の元議員さんだから」そう言って紹介された人がいた。白髪で大柄、誠実そうな表情のその男性は、淡々と、わかりやすく、加那子の問いに答えてくれた。

それによると、そもそものたたかいの発端は、よく知られていることだが、一九九五年に起こった三人の米兵による少女暴行事件だった。もうこれ以上我慢はできない、と八万五千人もの県民が集まって抗議集会が開かれた。そして米軍基地の整理縮小などの要求を日米両政府につきつけた。

その結果、市街地のど真ん中にあって世界一危険だと日本政府も認める普天間飛行場の辺野古への移設が決まった。しかしこの時、日本共産党だけは「普天間基地は、戦後、米軍が国際法に違反して沖縄の住民から奪ったものだ。移転でなく無条件で返還すべきだ」と反対した。そして移転先とされる辺野古周辺の住民に呼びかけ、対話集会が重ねられた。辺野古沖が埋め立てられ、ここに新しい基地ができれば住民の暮らしはどう変わるか……。しかし保守的土地柄で、共産党への偏見もあり、まともに耳を傾けようとする者はいないように見えた。

皆さん、どう思いますか、と問いかけても皆、黙りこくっていた。しいんとした中、白髪の小柄なおばあがゆるゆると立ち上がった。そしてまわりを見わたしながら訴え始めた。

「何で若い者が、黙ってるんだぁ。辺野古の海を守ろうと思わんとか。目の前に浮かぶ平島と長島を守ろうと思わんとか。黙っとらんで立たんか。立ち上がらんか」

底深く力のこもった声だった。発言したおばあは店の屋号から「マチニーのおばあ」と呼ばれている人だった。

マチニーとは、木の根っこの意味である。この時、おばあはもう八十三歳になっていたが、あの戦争を体験していた。

「……住んでいた家も土地も米軍に奪われたとぞ。しょうことなくここに流れてきて、四人の子どもを育てたんだ。ここには豊かな海があった。浜で獲ったタコや貝、海藻を食べて命をつないできたんだ。ここに米軍の基地ができたら、もう海には近づけんようになる。それでよかとか。辺野古、大浦湾が埋め立てられるぐらいなら、この年寄りは人柱になってでも反対する。基地は人殺しの戦争のためのものだろうが。そんなもの、ここには絶対、いらんどぅ」

始めは小さかったおばあの声は次第に叫びに変わった。

「そうだ。そのとおりだ。わしも人柱になる」

やはり年配の白髪のおじいがそう言うと、「そう。宝の海は守らんば。青年たちよりまず年寄りが先頭に立とう」別のおばあもそう言い切った。

するとどうだろう。青年たちも次々に声をあげ始めた。

「今まで、何も言えなかったが、心の中では反対だった」「市長も議会もそんなこと、何も教えてくれなかった。きょう説明を受けて、この辺野古がどう変わるかわかった。ここが埋め立てられ基地になるなんて、ぜったい嫌だ」

こうして立ち上がった住民は「命を守る会」などを結成し、団結小屋を作って座り込みを始めた。労働組合や自然保護団体とも合流して、たたかいは広がり、今に続いている。

ここまで話すと元議員さんは遠い所を見る目になって空を仰いだ。

「ふり返れば、マチニーのおばあは火付け役でした。三年前、百六歳で亡くなりましたがね、『命どぅ宝』と書いた鉢巻きをきりっとしめて座り込んでいた姿が浮かびます。思えば、このたたかいも二十六年になるわけです」

話に引き込まれた加那子は何とも言いようのない感動を覚えた。そうだったのか。

共産党だけはそのとき普天間の辺野古移転に初めから反対し、全面返還を求めたのだ。そしてすぐに新基地ができたら地域がどう変わるかを住民に知らせた。そう言えば、先の戦争でも命懸けで最後まで反対したのは共産党だけだった、と父方のひいじいが、沖縄戦の聞き取りをした時に言っていたのを思い出す。戦争の気配が濃くなってきた今、どこを頼りにすればよいのか光が見えた気がした。

ここまで加那子が語ったところで男が声を上げた。

「いいねえ。マチニーのおばあは、いかにも沖縄のおばあらしいよ」

そしてちょっと気になるというふうにこうも言うのだった。

「でもさぁ、メディア志望で就活中なんだよね、加那ちゃんは。共産党推しってわかったら、はねられちゃうかも」

するとと、加那子はこう返す。

「だからぁ、最初からテレビ局とかはこちらも遠慮してるんだってばぁ。それにわたしはまだ推しってとこまでは行ってないよ。荒野で小さな灯を見つけたってとこかな」

二人のやり取りを聞きながら克二は思い出すことがある。弘叔父の家に行った時、その政党の機関紙「しんぶん赤旗」があった。何気なくめくっていると、「あ、それ、組合のやつに勧められてね……読まないと真実を見失いそうで続けて読んでるんだ」と叔父は言い訳するように言った。そのことには触れず、「考え方、立ち場の違いを越えて新基地反対で結束してる。沖縄ってすごい所だね」と感想を言った。すると、「すごいも何も、まとまってやらざるをえない仕打ちを沖縄が受けてるからさ」と男が言う。

なんと言っても、これは単なる普天間飛行場の移転の問題ではない。大がかりに海を埋め立て、軍港や弾薬庫を新しく作る基地の拡大だ。そんな出撃基地を米軍のためにわざわざ作ってやるなんて、とてもじゃないが納得できるものではなこい。そう。それに、と加那子がつなぐ。大浦湾側の海底は軟弱で不適だってことわかっているんだもんね。そうそう。男が濃く細い眉をうごめかしつつ続ける。つまり、普天間はやっぱり県外に持っていくしかないってことだ。もう七、八年も前になるが、あるエラい人が言ってるのを聞いたことがある。陸上自衛隊が移りたがっている佐賀に普天間飛行場も行く可能性が高い、と。

これを聞くと克二は飛び上がるほど驚いた。そんな話があったのか。七、八年前といえば、安倍政権がオスプレイの佐賀空港配備を求めてきた時と重なる。しどろもどろになりつつ言う。

「そんなの、困るなあ。陸自のオスプレイだけでなく、そんな危険な……米軍の飛行場まで移ってくる話があったなんて……」

「困るったって、沖縄はもう何十年もそんな危うい中で生活してるんだぜ。世界一危険だっていわれてる普天間飛行場に、さらに二十四機ものオスプレイが押しつけられたんだよ。防衛のために基地が必要というのなら、本土ももう少しは沖縄の基地を引き取ってほしい、って声もあるよ」

男は真顔でそんなことまで言う。

嫌だな。絶対に。そう思いつつ返す言葉が見つからずにいると、加那子がとりなすように言う。

「それはさぁ、日本のどこであろうと、オスプレイはいらないってことでしょ。それよりわたしはオスプレイが来て民間空港を軍事利用する。そのことを佐賀の人たちが今どう思ってるのか、そっちの方を知りたいよ。だって反対運動のこと、ほとんどのメディアが伝えないもん」

そう言って、十年ほど前、沖縄の普天間飛行場にオスプレイが配備されようとした時は自民党から共産党まで十万人もが集まって断固反対の集会が開かれた話をするのだった。そしてその時は知事を始め県内四十一の市町村長や議長がそろって上京し、当時の安倍首相に面会、配備撤回を求めた。しかし、聞く耳を持たない安倍政権は強行配備し、その騒音の酷さ、低空飛行や夜間飛行、事故の多さに、住民は今苦しめられている。そして何と墜落事故まで起こったのだ。

聞きながら克二は背筋が寒くなるのを覚えた。残念なことに今の佐賀県知事は、軍事共用はしないという約束を破って、漁協組合長らに見直しを迫った。しかし漁民も住民も納得していないし、これからもずっと反対していくだろう。

「佐賀ん者《もん》の底力はこれから発揮されるはずだよ」

自分でも意外なことにこの台詞がすらすらと出てきたのは、どこまでも反対していく意志を固めている父、それに母の顔が浮かんできたからだった。

「だが、佐賀の知事がそんなふうだと撤回は厳しいね。かなりのリアクション示さないと、オスプレイだけじゃなく新しい要請が次々とくるかもしれないぜ」

訳知り顔の男の言い草に克二は不穏なものを感じる。この人は佐賀のことをほんとうに心配してこんなことを言うのだろうか。

沖縄にばかり基地を押しつけず、本土はもっと引き受けるべきだと、さっきこの人は言った。たしかに沖縄の側から見るとそう言いたいのかもしれない。自分の近くにそういう危険な基地が出来るとなるとそれは嫌だ。それでこれまでその嫌なものを沖縄に押しつけ、自分たちさえ安全で、何もふりかからなければよいと本土に住む自分たちは安閑としていたのだろうか。そう言えるのかもしれない。それを認めるのは自分たちの醜さに向き合わされるようで嫌だが、そのとおりのような気がしてくる。

それぞれの思いを胸に、それからしばらく静かな時間が流れた。

いつか湿ったぼた雪に変わっている窓の外を見るともなく見ていると、加那子がつぶやくように言う。

「いろいろあり過ぎたけど……、今年もあと少しで終わりだね」

七

どこからも内定が取れないまま今年も終わろうとしていた。さすがに気持ちが落ち込み、新しいエントリーシートを書く気力も不足していたので正月まであと一週間という日に帰省した。メディア関連の書籍を何冊かかばんに詰め込んできており、わが家でじっくり目を通すつもりだった。ところがそこはもはや落ち着ける場所ではなくなっていた。

居間には父のノリ養殖の仲間らしい五、六人の男たちがあつまって大声で口々にわめきたてていた。

——おれたちの知らんところでいつの間にか決められとる。だいたい協定見直しば決めた後に説明会ば開くて順序が逆やっか。まったく結論ありきの説明会たい。これじゃ、とてもじゃないが納得できんばい……。

聞いてみると、オスプレイ配備の件で、防衛省と県の説明会がきのうから始まっていたのだ。父と母はオスプレイに反対する住民の会の活動をしているせいか、ひっきりなしにかかってくる電話やファクスの対応に追われているし、部屋中にチラシやパンフ、署名用紙が積まれ、座る場所もないとあって、克二は重いかばんをかかえたまま二階に退散するしかなかった。

夕方になってやっと静かになったので下りて行く。

「そいで、今、どがんなっとっとね」と訊くと、父は渋い顔で「どがんもこがんも、いよいよ正念場たい」と答えるのだった。

こちらから要求してやっとこの、年の瀬も押しつまってからの説明会にこぎつけたが、県は、きちんとした資料も用意しておらず向こうの説明を一方的に聞かされただけだった。住民からは反対意見が続出したが、質問回数は一人一問に制限された。

「だが、俺のまわりの者は皆、オスプレイの来るとに反対ばい」と父は続ける。

オスプレイが来れば、後から必ず米軍が来て、九州、沖縄などのオスプレイの飛行訓練の中心地になるだろうし、事が起これば、相手国は真っ先にここを狙うだろう。

「これだけ反対の声が多かとに、知事は何ば根拠に受け入れるとやろか」と父が声を荒げれば、母は母で「オスプレイがここに来るなんて、わたしたち住民は認めとらんよ。協定見直しは、わたしら住民の知らん間にやられたとやけん、無効よ」と行政への不信感をあらわにするのだった。克二も、オスプレイなんて来てほしくない、と改めて思う。そこで父と母の顔をかわるがわる見ながら強い調子で自分の思いを口にした。

「僕もさぁ、自分の郷里が軍事基地になるなんて、絶対反対やけんね。沖縄の辺野古のようにさ、座り込みでん何でんして、佐賀平野と有明海ば守ってよ」

何回かに分けて行われる説明会には克二も参加して意見を言いたかったが、地元に住民票のある者しか会場には入れないとのことだった。今のところ、残念だが出る幕は無い。

やきもきするうちに年が明けた。差し迫ってやらなければならないことが気になってくる。大学の後期試験のことである。準備は進んでおらず、提出しなければならないレポートもあった。それで三が日が過ぎるとすぐに東京に戻った。

試験期間中は徹夜が続き、おかげで血尿が出る有様だった……。

一月も下旬になってやっとレポートの提出を済ませ、ほっとして就活準備に戻った。溜まっている新聞を広げメモを取りながら読み始めると、着信音が鳴った。加那子の名前が表示されている。心の柔らかい部分が動く。

「やあ。元気にしてた?」と訊くと、それには答えず、「またあいにくの雪だけどさぁ、まもなくお昼よね。こっちに戻ったばかりだけど、出て来ない? 話したいことがあるんだ」と言う。

こちらに断る理由はなかった。実家から運んできた切り餅も米せんべいも無くなっていたし、久しぶりに豚の角煮の載ったあのカレーも食べたいし、それよりなにより、加那子にリアルで早く会いたい。

小雪のちらつくなか駆けつけると、テーブル席でメモ帳を広げていた白いダウンジャケット姿の彼女は少し頬の肉が落ち、そのせいで以前より大人びて見える。顔を見るなり驚いたように言う。わあ、速い。一分も経ってないよ。いや、三分は経ってるさ。走っては来たけど。言いながら彼女の正面に座った。

「とにかくさぁ、お互い元気でよかったぁ。わたしさぁ、ずっと沖縄を回って

て、またすごい人に会ったのよ。就活フレンドにはぜひ報告しときたいと思って

ね」

「それはぜひ聞きたいな。こんどはどんな人？」

そのメモ帳をのぞき込むようにして問うと、「若い人、女性記者よ」と答える。

——その人には地元紙の企業説明会で会った。ショートカットで男性のようにラフなパンツスーツ姿だった。説明会が終わると、コーヒーを一杯奢らせて、と言って近づいてきた。ロビーの喫茶コーナーに誘い、二人分のホットを注文した。そして「あなたのさっきの質問は的を射ていたよ」とまず褒めてくれた。

それは、記事の書き方の基本についてのものだった。

報道の公正中立を守るため、反対派と賛成派の両論併記でバランスをとるよう

に と言われるが、軍事問題とかになると、どう書いたらよいか悩む、と加那子は当面の疑問をさきほど口にしたのだったが、講義の担当者には、そんなことは自分で考えて下さい、と躱《かわ》され物足りなく思っていたところだった。

その女性は湯気の立つコーヒーを加那子に勧め、自分も一口飲むと、カップをすぐに下に置いた。そして「あなたはおそらく今のメディアの報道について疑問を持ってるのよね」と語りだした。

「私たちも同じよ。それで政権からの圧力が強い今だからこそ戦争につながる原稿はいっさい書くまいと話し合ってるのよ」

ここで女性は言葉を途切らせ、こちらをちょっと注視すると続けた。

過去の戦争では、マスメディアが戦争に利用された。それで戦後、各新聞社は、戦争のために二度とペンは執らない、と誓った。それで今、私たちも戦争のための原稿は書かない。写真も撮らない。輪転機も回さない、と仲間たちと誓い合っている。これができるのは、県内あちこちで、戦争はもう嫌だ、と日々たたかっている人たちがいるからだ。

「もちろん私も、めげずに、愚直に、アメリカ言いなりの政権とはしっかり向き合うスタンスを保って日々書いているつもりよ。戦争に反対する立場で原稿を書いて、それが活字になる。まだ書けてる社なのよ、うちは。だからやる気があったらぜひ挑戦してよね。あなたを後輩として迎える日を待ってるわ」

聞きながら加那子は心が躍るのを覚えた。

そんな仲間たちがいるという、そんな所で働きたい、と思った。そして基地被害に苦しめられている人たちのことを直球で伝えることができればどんなに嬉しいことか。

そこで、その日のうちにエントリーシートを提出し、インターンシップも申し込んだ。

一気にここまで語った加那子は、ほっと吐息を漏らした。そしてそれまでとは語調を変えて言う。

沖縄を回り地元紙を読むうち気づいてはいた。記者たちの記事を書く姿勢、県民への向き合い方がヤマト本土とは違う。とにかく県民の安全と人権を守るための記事を書くのだと、這いつくばるようにして悪戦苦闘している。それが感じ取れる紙面作りなのだ。

そうなのだ。自分にとって、やっぱり沖縄でなければならなかったのだ、と思った。本土への憧れがあって東京の大学に入ったが、これまであれこれ学び、やってきたことは、すべてそれを知るための準備だったと言える。思えば、上京してすぐに気づいたのは、本土の人たちは沖縄のことがちっともわかっていないということだった。それで沖縄のことを発信したくて報道記者を目指したが、今のメディアの状況では、自分の書きたい記事は偏っているとか言われて採用されないだろう、と思うようになった。

真剣な表情で語る加那子の顔をまばたきもせずに見つめていた克二は思った。

加那子は会うたびに新しくなっていく。成長していく。それに比べこの自分はどうだ。同じ所をぐるぐる回っているだけのような気がする。これはどこからくるのか。自分の能力不足や意欲の足りなさを棚に上げて言えば、目指していた新聞社の報道姿勢にいまひとつ魅力が乏しいこともあると思う。

「ということで、わたしは地元紙のどこかにもぐり込むつもりよ。で、古川さんの方は動きあるの」

語り終えた加那子が問うと、克二は「きみと違って、どこからもさっぱりだよ」と小さな声で答えた。

「そっかぁ、今まで何にも言ってこないんじゃゃ、ブロック紙か地方紙を狙うしかないね」

あっさりそう言うので、ちょっとかちんとくる。しかし今となってはそれしかないのかもしれない。考え込む克二に、加那子がいつもの打ち解けた声音で言う。

「話は飛ぶけど、昨日、本島から石垣に戻ったらさぁ、もう早咲きの桜が咲いてたよ。そしておばあもひいばあも春野菜のカリフローレの収穫に追われてた。本土では雪が降ってるのにねぇ」

「へえ。まだ一月なのに？　それだけ八重山地方は暖かいってことだよね」と克二はうなずく。

「こんなこと、言っていいかどうかわからないけどぅ」と加那子は続ける。

「古川さんて、優し過ぎるくらい優しくて、内には熱いものを秘めてるけど非論理的なことはしない人だよね。でも、どこか曖昧で、何事も受け身なんじゃないかなあ」

「急になんだよ。母に似てるとはよく言われるけど……」

克二は口をとがらせる。

「無理をせず自然体で生きてるようで、羨ましいのよ。どこにいても自分の家気分で、就活中なのにあくせくしていないし、わたしから見ると不思議な雰囲気なのね」

「そうかなあ。これでもあれこれ焦ってて、血尿が出たりしてるんだけどなあ」

「そうは見えないよ。でも、沖縄のこと、わかろうとしてくれてるのが嬉しいのよね、わたし」

それは当然だろう、という言葉を呑み込んだ。彼女が何で今、こんな話をするのかわからない。首をかしげていると、加那子は唐突にこんなことを言う。

「そんな古川さんでもさぁ、戦争に行ったらためらわず人を殺したりするのかなぁ」

「ええっ?」と克二は声を上げていた。

自分が戦争に行くことがあるなど考えたこともなかったからだ。しかし、戦時にあるウクライナでは、すべての成人男子は国外脱出を禁じられ、兵士に仕立てられているという現実がある。将来、日本でもそんなことが起こらないとは言えない、確かに。歯の間から押し出すような声で答えた。

「僕に人は絶対、殺せないな。両親が子どもには手を上げない人だったからかもしれないけど、あらゆる暴力を否定する立場だよ」

「そうだろうと思ってたわ」加那子は真面目な顔でうなずいた。そして言う。「〈うた甕〉の従兄もそう言うの。だから絶対、戦争はさせてはならないって。でも今の動きはあまりにドラスティックだから、国会に乗り込んで爆竹を鳴らそうかな、なんて言うのね。だからわたしはそんな、子どもみたいなこと言わないで、って怒ったの」

従兄って、あの板前のことだな。確かになんて子どもっぽい発想をするやつだろう、と思っていると、加那子は「でも、気持ちはわかるのよ」と庇う。

現在、石垣島では緑豊かな山林があっという間に切り開かれ、自衛隊基地の建設が急ピッチで進められている。何とか止められないものかと彼なりに考えたのだろう。それというのも、八重山地方では旧暦の盆ともなると、魔物を祓うために爆竹を鳴らす風習がある。本土復帰の時も、国会に乗り込み、実際にそれをやった八重山人《やいまんちゅ》の若者がいたそうだ。

「石垣島のミサイル基地はもうすぐ完成するんだけど」と加那子は続ける。

それこそ基地と隣り合わせで生きていくことになるおばあたちは、いざ事が起こったとき、どこへ逃げようもない、と不安を口にする。そして再び住めもしない所に避難させられるのではないかと恐れている。なぜなら、戦争中、この島の住民は軍の命令でマラリアの有病地として昔から知られる島に強制的に移転させられ、多くの犠牲者を出したからだ。

「わたしはやっぱり、そういう住民の声を受け止めて記事を書きたいの。メディアの公平ってそれに尽きるんじゃないのかなぁ。この件について古川さんはどう思う？」

克二は少しくぐもった声で答える。

「こんどはメディアの公平についてかい？　そんな報道は沖縄だからやれるんじゃないのかなぁ」

「でも、古川さんの郷里もさ、陸自の飛行場にされそうなんだよね。そんな所にはしっかり取材して報道する記者がいてほしいな。住民が安心して生活できるようにさ。ね、大手ばかり狙わないで、地元に目を向けたらどう？　そして、わたしは沖縄、古川さんは佐賀であくまで住民の視点で記事を書いていけたらいいなって思う。競い合ってさぁ」

克二は、ううん、と呻ったまま考え込む。

そうなると、二人はもう顔を合わせることもなくなるわけだが、やはり、ちょっと、だけでなく、さびしい。

しかし、今となっては選択肢はそれしかないようだ。

「仕方ないか」克二が言うと、「仕方ないなんて、それがベストじゃん。今は地方からもの申す時代かも」と加那子は明言する。

そうかもしれない。この春から地方紙のインターンシップが始まるが、出身地は避けたい気もするし、長崎か福岡の社に当たってみようか、それともやっぱり地元がいいか。いや、絶対地元にしよう。豊かな海、恵みの里を守り、取り戻すための記事を書いていけたらこれ以上のことはない。いつになく高揚感を覚える自分がいる。

ふと気が付くと、御詠歌のような節回しのゆったりした歌が奥の方から流れてくる。

やっぱりおじいの声はすごい。それにこの「ユバナウレー」のフレーズは、ほんといつも、こちらの気持ちを上向きにする万能薬だ。

克二が頬をゆるめていると加那子が言う。

「また、おじいが歌い出したね。これ、〈上原《ういばる》ぬ島節〉よ。わが村に豊穣な世を恵んで下さい、という島人の願い歌なの」

「願い歌か。いいね」

克二はうなずくと、あたり一面黄金色に色づいた実りの秋の佐賀平野を思い浮かべていた。

私のメルヘン――あとがきに代えて

わたしはかつて軍港として栄え、戦後は米軍と自衛隊の基地のある佐世保で生まれ、育った。

生家の隣には少し年上の男の子が二人いて良き遊び相手になってくれた。と言ってもチャンバラごっこや独楽まわしなど男の子の好む遊びばかりで、そのせいかわたしは活発で負けん気の強い女の子に育っていった。佐世保空襲の時、三歳八ヵ月だったわたしは兄に背負われて逃げたため助かった。しかし、その子たちに二度と会うことはなかった。床下防空壕で焼け死んだ、と後に聞いた。戦争なんかなければいいのに、と悲しかった。

朝鮮戦争がぼっ発したのは、わたしが九歳の小三の時だ。空襲で家を焼かれため、山の中の馬小屋のような所で生活していたのだが、たまに母のお使いで街に出ることがあった。母の仕立てた着物を呉服店に届けるのである。すると、当時、朝鮮戦争真っただ中の佐世保の街は、米兵とけばけばしい化粧のネエサンで溢れ、鳥肌が立つような奇異な活気に満ちていた。繁華街の中心にある玉屋デパート横の道路の向こうには外人バー街の入口が見え、昼間でもなにやら喧噪が聞こえてきて怖かった。縫い賃を受け取ると、逃げるように家路を急いだものだ。

佐世保は九十九島など西海国立公園に指定された美しい海を持つ。そして天然の良港と呼ばれる佐世保港を戦後、政府は正式に貿易港として認め、一九四七年には食糧輸入港として動き出していた。

一九五〇年六月四日、「旧軍港市転換法」が可決すると、住民投票を経て「平和宣言」を行い、国際貿易港としていよいよ羽ばたこうと意気込んでいた矢先だった。

突如として朝鮮半島三八度線で戦争がぼっ発した。一九五〇年六月五日午前四時のことである。大戦後のやっと訪れた平和を噛みしめていた佐世保市民はそれこそ寝耳に水だった。この戦争は、佐世保の様相を一日で一変させ、国連軍(米軍)の出撃、補給基地にされてしまった。その理由は、佐世保―釜山の距離がきわめて近いという地理的条件にあった。アメリカの占領下にあったため従わざるをえなかったのだろうが、この戦争に日本は全面協力をさせられた。公式には参戦国になっていないが、日本が果たした役割はまさに戦争参加だった。

「日本という国がなかったら、米軍は朝鮮戦争を戦えなかった」と自著に記しているのは初代駐日アメリカ大使のロバート・マーフィである。多くの日本人が朝鮮半島へ狩りだされ、直接戦争に参加したことは疑いようのないことだ。とにかく戦争は恐ろしいものだし、誰でも前線には行きたくないだろう。しかし食べるものがなくなると、人間はどんなことでもやりかねない存在とも言える。

『駐「韓」米軍』という林茂夫氏の著作によると三万人近い日本人が朝鮮に行き、地上兵として七、八千人が米軍や韓国軍に組み込まれた、とあるが、やはり戦後の飢え、生活苦がそうさせたのではないだろうか。

それはともかく、朝鮮戦争は結果として大きな特需をもたらし、日本の再軍備も、それまで禁じられていた軍需産業の復活も、これをきっかけに急速に進んでいく。

戦後七十九年経つのに、今も米軍基地は佐世保の中心部を占め、その九〇パーセント近くを米軍に接収されている佐世保港は相も変わらず灰色の軍艦が出たり入ったりしている。

ベトナム戦争やイラク戦争、アメリカが戦争をするたびに佐世保は出撃基地になった。戦争中は米兵の猟奇的犯罪が頻発し「米兵が日に日にすさんでいくのがわかる」と外人バーの雰囲気を語っていたのは、わたしの職場の同僚の男性だった。とにかく佐世保は血生臭い街、と言われても仕方のない所だ。戦争によって活気づき、多くの若者が軍艦で戦場へ向かうのを見送る街である。それを思うとやはりこう言いたくなる。

――もしも米軍基地がなかったら、この美しい自然に恵まれた佐世保は、貿易港、観光都市としてきっと栄えていたに違いない。

話は飛ぶが、わたしの母の里は、佐賀平野を流れて有明海にそそぐ八田江湖の畔りである。先祖代々廻船問屋を営んでいたそうで、明治時代。佐世保海軍基地が造られた時には各地の船着き場から大勢の人夫さんを運んだそうだ。

その八田江湖の注ぐ干潟は現在、国際的に重要な湿地として「ラムサール条約湿地」に登録されている。ちょうど今、真っ赤に紅葉したシチメンソウの群落が美しいと聞いたので、思い立って出かけてみた。一昨年の秋も深まった頃だ。

およそ二十年ぶりに訪れたせいか、シチメンソウで赤く染まった干潟は、かなり沖の方に伸び広がっているように見えたが、すぐ近くに干潟の生きものの資料館や公園もできて賑わっていた。渡り鳥の数が少なくなっているのは近くに佐賀空港ができたせいかもしれないなどと思いながら散策した。

帰りにその空港横に建てられるという陸自駐屯地・建設予定地を自分の目で確かめたくて足を伸ばすことにした。

たまたま乗ったタクシーの運転手さんが、佐賀平野で米をつくっている兼業農家の人だったので、「佐賀のお米はおいしいですもんね」と話しかけ、苦労話などを訊いた。

運転手さんは話好きで、県と漁協幹部がつい先日認めてしまった「空港を自衛隊と共用する」ことへの懸念を率直に語られた。

「まず、オスプレイ十七機が配備されるそうですが、ノリ漁や米づくりがこれまでどおりできるとでしょうかね。海も農地も汚れるでしょうし、騒音もひどいらしい……」

オスプレイの基地ができれば、どんなことになるか、気が気でないようだったが、運転手さんの心配は、わたしのものでもある。

佐世保の場合は、米軍基地があるといっても海軍なので、空からの落下物や墜落、すさまじい騒音の被害からは免れていた。しかしオスプレイやヘリなど軍用機の基地ができるとなるとそうはいかない。

すぐに浮かんだのは、世界一危険だと政府も認めている沖縄の普天間飛行場のことだった。かつて、県外に移設せよ、との地元の声に、「十年後は陸自が行きたがっている佐賀に普天間も移っているだろう」とさるエライ人が言ったというのを何かで読んだことがある。まさか、自衛隊だけでなく米軍もここを訓練場などに利用するのではないだろうか。

稲刈りがすんだ後の一面セピア色を呈する広々とした平野を車窓に見ながらわたしは思った。

――この佐賀平野の空には、何といっても、ゆったりと舞う色とりどりのアドバルーンが似合う。この秋の「インターナショナルバルーンフェスタ」にも八十万人余りが集い、平和を願って揚がるバルーンに拍手をおくった。

また目の前の有明海が質量共に日本一を競う養殖ノリの産地であることは言うまでもない。そして何より、この佐賀平野はわたしたちの主食の米、麦をつくる穀倉地帯だ。

この栄《さか》の里が、「人を殺し殺される」戦争のための基地にされ、汚されていくのを何とか止められないものだろうか。

「忘るなの記」「世ば直れ」、ここに収めた二つの作品は、いずれも、軍事基地のある街に育ったわたしの思いから生まれた。一人でも多くの方に手に取っていただければと願う。

二〇二四年　五月三〇日

大浦ふみ子

初出一覧

忘るなの記　『民主文学』二〇二二年十月号

世《ゆ》ば直《なう》れ　『民主文学』二〇二三年十一月号

大浦ふみ子（おおうらふみこ）

本名／塚原頌子（つかはらしょうこ）
著書に『火砕流』『長崎原爆松谷訴訟』『ひたいに光る星』（青磁社）、『土石流』『匣の中』『ながい金曜日』『夏の雫』『原潜記者』『ふるさと咄』『埋もれた足跡』『サクラ花の下』『噴火のあとさき』『燠火』『かたりべ』（光陽出版社）、『女たちの時間』（東銀座出版社）、『いもうと』（葦書房）、『歪められた同心円』（本の泉社）、『原爆児童文学集』（共著、「和子の花」所収）など。

忘るなの記

2024年7月15日　初版発行

著　者／大浦ふみ子
発行者／明石康徳
発行所／光陽出版社
〒162-0818　東京都新宿区築地町8番地
TEL 03-3268-7899　FAX 03-3235-0710

印刷・製本／株式会社光陽メディア

ISBN978-4-87662-647-2　C0093